独角兽文丛

03

井上生旅葵

丛桦 著

上海三联书店

目录

目
录

目
录

目录

目
录

序

汪惠仁（『散文』执行主编）

记得几年前到山东和散文作者做交流，我问组织者，你们这里有个叫丛桦的来没来，他说没有。后来山东几个作家到天津来，我问他们，你们知不知道丛桦，他们说回去就打听。

我很少向别人推荐作家，但这个从未见过面的丛桦，我向别人推荐过多次，包括一些散文的选刊和选本。

丛桦的叙述很特别。

她的特别之处在于：她将自己的特别藏得很深，深到与俗世难以区分。

关于农村的老家和单位琐事经常在她的叙述之中，当然自己的青春、婚姻以及育儿经历也偶尔涉及。她把小说技法挪进她的散文之中——我不仅仅指的是对话与生活场景，因为"栩栩如生"并非什么特别需要夸赞的修辞效果。丛桦之特别在于，在小尺幅的散文之中，她能够让人与事顺着生活的逻辑生长，一直生长到从一个模糊的边界漫溢出来。

比如，她写过乡村的药贩子。电视购

物里的药贩子，他们赌咒发誓药到病祛，他们请来东北口音的群众演员来证明药物的疗效，对，就是他们走进了丛桦的农村老家。丛桦对此的叙述，值得玩味。作为叙述者，丛桦展示了她的混合身份：一个地方报纸的记者，一个村庄的后裔，一个被存在主义哲学熏染过的诗人。文章那么短，滋味却是分着那么多的层次：有记者职业化的探究的冲动，有开化者对村庄老人启蒙的冲动，但这样的冲动都在渐渐袭来的人的孤独感中徐徐消退。

这就是丛桦的写作。这是比采取鲜明态度的写作更有难度的写作。

做一个歌颂者不难。

做一个批判者也难不到哪里去。

但如果，既尊重写作对象的世俗欲望和价值取向，又能用文字装载着他们去向一个莫名的、用单一判断难以界定的地方，那一定是难的。

丛桦完成了这个"难的"文学写作，并且，看上去，她还很轻松。

二〇一六年三月三十日

村庄志

一

井上生旅葵

一

春天里回家,见野草封门,心内如被痛击。

"中庭生旅谷,井上生旅葵",汉朝老兵看到阔别六十多年的故园与我仅仅隔了半年的家,是一样的景况——门口、院落、井台都长出膝盖高的野草。其中多为一年蓬,一些和葵菜一样古老的植物。

野草中的家,显得有些陌生。

曾经以为,这个家是不会老的。

二

这个家是父母一饮一啄的搭建,胼手胝足堆垒而成的华屋,多少岁月,他们用生命滋养这个家。

这个家有三十年了。

父母的第一个家不是这个家,那是祖父母的老房子。父母婚后分家时,祖父母搬到新房,老房子便成为父母第一个家。家徒四壁,用母亲的话说:"猫逼狗逼没有。"

那个房子有年岁了。草房，门朝北，梁、檩、椽子都露着，木头是黑色的，像牲口棚子。春天，房顶长出瓦松，我们叫婆婆丁，叶片肥厚多汁，酸甜可食，秋天，婆婆丁开花了，就像房子也能一岁一枯荣。房子矮，门框都很矮，窗都很小，木格窗，没有玻璃。家中终年昏黑，光好像照不进。一铺炕，一个锅台，一个储物间。储物间只挂个门帘，这门帘是我最怕的东西。因为门帘和门框之间有缝，那个黑黢黢的缝，我看都不敢看，总觉得会把我吸进去。

黑色的门帘缝，就这样成为孩童时的我，心上一道深渊。

三

唯一的色彩是墙上的年画，多是仕女图，尤记《梁山伯与祝英台》一幅，画法为没骨敷彩，画面上，一对璧人的粉脸笑盈盈，亮光光，英台小姐头安金步摇，耳系明月珰，钗头凤衔着珍珠滴，一粒粒微微动。梁公子头戴珠冠，两手做剑指状，隔空描绘化蝶后的幸福爱情。人物造型端庄，表情甜糯，后来才知，那是上海画月份牌美女的名家金梅生的作品。再有一幅《天女散花》，画中仙子提篮散花，纸上春风徐徐，荷衣风动，是华三川的风格了。那些年画一般是一开纸那么大，一年一幅，一幅一年，没有读物的我就看祝英台、弄玉、莺莺、白娘子们玉立壁上，就像茅屋陋舍里住着才子佳人。

那些画从色彩到线条到构图，都是上乘之作，对我具有美术启蒙的作用，成为我认识美、理解美的来源之一。

四

那个家是刀耕火种时代最后的残存，没有电，灯只有一盏，药瓶形状的火油灯。点灯是母亲最美的动作。好像魔术师在空中划了一根弧线，一朵小火苗就在母亲的指尖亮起来，屋里的物件就一一现身了，先是炕席子，接着是墙壁，墙壁上的人影，虚虚的，颤巍巍的，金晃晃的脸。整个屋子温馨、明亮。

但我不会点灯。怕烫着手。怕烧着头发。但母亲逼我点灯。我捏着火柴，就是下不了手。天黑了，屋子里真昏暗哪，母亲的叱喝中，我一脸泪，豁上了，"哧！"地一擦，点着了！小火苗三角旗似的飘着，我笑了，光亮中，我仿佛看到自己脸上的泪珠！我轻轻将这朵火苗送给油灯，那一刻我觉得油灯是世界上最美的事物了，像一朵金盏菊，有花柄、有花托、有火焰似的花瓣。

那一年，我四岁。那我是第一次点亮一盏灯，也是我记得的第一件事。

从一盏灯的慈航开始，我有了记忆。

五

那个家有一座后园。这个后园虽然比不上萧红的后院那么大，石墙也坍塌了半堵，但有几棵树，其中一棵是花椒树，我和妹妹把一个柳条篮子当跷跷板，分坐两头，在花椒树下一边摇，一边对看着嘻嘻嘻嘻嘻嘻嘻笑不停。

院子里有个猪圈，猪是我们家最胖的成员。阳光照着，黑色的猪闪闪放光。我趴在猪圈墙上，观看猪背上的黑毛，猪身上的虱子也像猪，圆滚滚的，出没于猪毛丛林中。

门前是村路，马车一趟趟地经过。拉草。拉粪。拉庄稼。马头顶着红缨子，马脖子下的铜铃叮当、叮当响，我坐在门口，向马车行注目礼。

七年后，我们搬家了。

六

第二个家还是旧房，花六百元买的四间废弃校舍。

这个房子没有后园，但有两铺炕，于是我和妹妹有了闺房。闺房的窗是木格的，但有玻璃，而且有白色的顶棚。在这间闺房里，我和妹妹痴迷于房间装饰，用月份牌叠成纸包，一串串挂在空里，算是拉花。用毛线做成流苏挂在墙上算是壁挂。在避孕套里灌上红颜料、紫颜料、蓝颜料，用线系成一串一串的葡萄挂在墙上，一个套正好系一串。当时全国推行计划生育，家家户户发避孕套，小孩子不知道那是什么，也不知道是不是俺村的原创，反正我会系，颗粒、颜色都很逼真，大人也系，家家户户都挂着避孕套葡萄，辟邪似的。

时间久了，"葡萄"爆开，血紫的液体当空浇淋……

家家都养长毛兔，俺家也有十多只。于是，薅草喂兔子成为我放学之后的第一项家庭作业。这是我最喜欢的一种劳动。挎着篮子，沐着夕照，与三两同伴一起，在田埂渠畔，阡陌之间寻寻觅觅，默记着每一样野草的名字。都说兔子爱吃萝卜和白菜，错了，兔子最爱吃的是看麦娘、马唐、野稗草、蒲公英、苦荬菜，尤其是看麦娘，吃得停不下嘴。我们家养的猪呀，鹅呀，鸭呀等等的，我最爱看鸡和兔子吃东西。鸡头稳准狠，非常挑食。而兔子吃东西像在打磨玉器，牙齿如切如磋，看兔子吃草，使我明白了古人为什么说"芳草鲜美"，以至于我现在一看到看麦娘的嫩苗就想扑上去吃一顿。

家有东厢，夏天的晚上，和邻家姐弟躺在厢房顶上，看星星，唱童谣：

> 天上个星儿，
>
> 吃肉丁儿，
>
> 肉丁儿薄，
>
> 十二个，
>
> 狼打柴，
>
> 狗烧火，
>
> 猫子洗脸蒸饽饽……

七

旧校舍的家住了七年之后，我家终于大兴土木，盖新房了！

就是现在这个家。

那是一九八五年。俺村的日子好起来了，顿顿吃白面，家家有电视。现在想来，再没有哪一辈人，能像父母这一代，短短一生经历农耕时代到网络时代的骤变，成为新中国农村发展史的承载者，地主制、大集体、合作社、生产队、大跃进、分田单干、包产到户、农场庄园，各种想到想不到的生产形势和政治运动在俺村上演——在他们的人生如日中天时，农村也进入黄金时期，现在他们老了，农村也将消亡。仿佛俺村是一年蓬，那种一年生草本植物。

但是我们开始盖房子。盖房子也不再是老辈子那种碎石拼凑，黄泥涂抹的土窝盖法，而是水泥、石灰、方块青石、圆木、玻璃、瓦等这些专业建筑材料。

那时农村，人也多。叔们都活着，都是壮年，上梁那天，来帮工的街坊邻居站成一条人工传送带，搬砖运瓦，完了都在我们家吃饭，场面火热又壮观。

新房五间，有东厢和西厢，简直就是个四合院。父亲用赭石和青绿的玻璃粒装饰房檐，当街的门楼飞檐斗拱，两边的鹊踏子翘起圆弧，而且还有窗帘，浅蓝色底上印着深蓝色的修竹图案，这个窗帘是当时农村家家户户盖新房的标配。有橱柜，柜门上安着玻璃，玻璃上画着牡丹、桃花等折枝花卉。我和妹妹有写字台、书柜，还有台灯、沙发、茶几。这个新家，倾尽父母全力，实现了他们所有美丽的奢华的梦想。院子里栽着玫红、粉红、橙色渐变的月季花，我妈最爱的花。月季花长到窗那么高，开在窗外，我妈在炕上坐着绣花，一炕的阳光，有时还轻声唱歌，那是真美、真美呵。

这个家，记录着父母婚后最幸福、最富足的时光：燕子在檐下筑巢，喜鹊落在烟囱上，鸡在窝里打盹，房顶升起炊烟……

黎明即起，洒扫庭除，内外整洁，既昏便息……

我的升学宴、出嫁宴，都在这个家。

五谷丰登，六畜兴旺，农家盛况莫过于此。

房子旁边，父亲栽下四棵银杏，这种树又叫公孙树，活的比人久，比房子久。

八

如果人烟消失，最先占领俺村的不是灰尘，不是蛛网，而是草本植物。这是对的，乡村、乡野、乡土，本就是植物的领土。这些植物不是目前数量最多的小麦玉米大豆花生，而是野草。

我在家门口的沟渠里、水泥地面的缝隙里、井台周围的石块之间，看到了荠菜、北美独行菜、播娘蒿、车前子、铺地锦等，一年蓬数量最多。没有播种，没有邀请，这些植物的种子有的被风吹来，有的被鸟带来，有的被雨水冲来，有的则一直蛰伏于此，人一走，它们就迅速收复失地。那是五月，春深似海，我的家，是海滩上一只螺壳，回旋着经年的风。

要了解一座村庄，首先了解这座村里的傻子。他们是一座村庄的智商，一部村庄志。每个村，最有名气的人，不是村支书，而是傻子。他们是一座村庄的独创。

在俺村，傻子更多的用途，是用来吓唬孩子。孩子要是哭闹，他妈就会说，再哭，××傻子就来了！这一招最灵验，哭声马上就止住了。

国庆就是这样一个对孩童具有震慑性的傻子。国庆一米九的个子，是俺村最高的人，是俺村的身高纪录保持者。国庆其实不傻，主要是他的脸太长了，五官在脸上分布得遥远，明显的低智面相。他的震慑性是他的一双大长腿，像两条大棍，撵起人来惊心动魄。

还有于芝傻子和于娇傻子也非常吓人。于芝是凶。她家在路边，门口有一块大青石，她镇守于此，头发披散遮住脸。看见我，就一甩头发，把獠牙像狼一样龇出来。我每天上学必经此处，每次她把牙一龇，我就魂飞魄散，太要人命了。于芝是我童年的噩梦之一。我能坚持每天上学，实在经过了蹚雷区一般的考验。

于姣和俺村所有的人有仇，手里永远拿着石子，永远见人就甩石子砸。

永远砸不着。

曾经俺村那么多傻子，都很有个性，他们傻的原因不同、性质不同、程度不同。有的痴、有的呆、有的疯、有的癫，多数是先天的。他们唯一的共同点就是，全部单身。一直单身。现在想来，他们表现出来的傻样儿，反映了每个正常人的内心影像，是人类自身存在原因的无解。偏执、脆弱、恐惧、不安、迷茫、孤独……他们是我们情绪的敏感，神经的衰弱，日益扭曲的魂灵，残露于野的处子之身。

七十年代后，随着优生优育的开展，俺村的人不生傻子了，他们就成了老傻子，仿佛史前古人类，正在绝迹。于娇不知所踪。于芝好像也久已离世。

健在的只有国庆傻子和于淑傻子了。

没有傻子的村庄是平庸的。

多少时候，国庆在村路中央，一览众山小地走着。鸡看见了，尖叫着飞到草摞上，鸭看见了，一个嘴啃泥滚到水沟里，国庆一言不发，如国王出巡，见到村里人，点点头，深沉地。

国庆现在不在村里了。六十岁时，国庆作为一个五保户，被供养在镇上的敬老院，有人伺候他吃穿之后，国庆一天比一天胖了，而且矮了，仿佛不到一米七，从一米九到一米七，国庆是怎么让那二十公分的身高天衣无缝地消失的呢。

国庆的体型变化在我眼里是以周为单位的。每隔一周，我看见国庆一次。镇敬老院离俺村很近，每周日他回村赶集，每周日，我也回村，于是，在村路上，总能看到国庆，胖胖的国庆，俺村的傻子，寂寞而狡猾地走在村路中央。

有一段时间，国庆身后跟着五六只流浪狗，这样国庆就像拉起了一支队伍，路两旁的刺槐、速生杨像为他擎起的仪仗，而国庆在路中央，龙行虎步地从敬老院衣锦还乡。

每次看到国庆，我都叹一句："哎妈国庆这个胖。"

每次回村，还能看到于淑傻子。于淑是我小时候上学路上必经的第二个傻子。那时于淑十七八岁，是俺村的傻白甜，她在路边坐着，目光缓缓的，动作款款的，周正的五官，丰腴的身材，白皙的皮肤，憨憨的目光，人畜无害。无论春夏秋冬，她端庄地坐在路边，像村庄的遗物，去留无意，看天上云卷云舒。她的标志性表情是：笑。笑得温柔，笑得谦逊，笑得友好。笑得此处无声胜有声。她见人就笑，见我也是，于是我也对她笑，也是个傻笑。

现在于淑年过半百，仍然丰腴，但脸颊没有亮光了，添了白发和鱼尾纹，傻子怎么也会沧桑呢？

琐忆

祖父母去世的早，但我记得他们。

婆媳是死对头，这话在我妈和我祖母身上应验。直到现在，我妈还是把祖母描绘成狼外婆的恶形恶状，在她的描述下，我也潜移默化地觉得祖母长了一张猪肚子脸，三枪戳不透。祖父则是慈祥，红黑的脸膛上两道浓眉，眉梢卷上去，卷上去。

祖母最值得记录在册的是她老人家生了六子一女，对于七个孩子分配母爱用的是减法还是乘法，我已无法确知，只知道六个儿子六栋房子要盖，六房媳妇要娶，这六座大山压得祖父母腰一天比一天佝偻，脸一天比一天多皱。祖父母故去多年后，我在河边洗衣服，一位有三个儿子的妇人叹息："一个儿子是有期徒刑，两个儿子是无期徒刑，三个儿子是死刑，缓期执行。"便想，祖父母该没法量刑了。

儿子多，便穷得揭不开锅，最壮观的阵容就是祖父母的家庭会议，但不是扩大会议，参加会议的成员只限于六个儿子。我爹头脚走，我妈后脚就安排我和妹去旁听。我和妹妹去了之后，一会儿就忘了身上的秘密任务，在院子玩起来，回家我妈盘问我们开的什么会，我们答不上来，便挨一顿骂。

据我妈说，那时虽然祖母负责照看我，但祖母并不疼爱我。一个三伏天的中午，我不知道中了什么邪，也不睡，坐个蒲团在门槛外面哭，大嘴洞开，哭声震天，毒日头照着。祖母出来了——出来赶鸡，一边赶一边骂："死尸！我要是死了，你再不这么哭了，死尸……"骂完了又回屋子。总之那时经常被骂死尸、脏死尸、小兔羔子、小驴子近的，我被骂之后，提着蒲团站起来，挪到门槛里面坐下，接着哭。

直哭到祖父回来，牵我去园里摘了个黄瓜才不哭了。

祖母病重的时候是春天，祖母在炕上躺着，窗开着，窗台上放了一碗樱桃。我以为祖母睡了，藏在窗下面，捏碗里的樱桃吃，忽听得祖母说："小兔羔子……"

祖父颇有些传奇。

祖父有一段时间开武馆，但是比起八十万禁军教头的林冲，或者精武馆的霍元甲，祖父没有那气势，因为既没有挂牌子，也没有那传世武功，他的影响只限于俺村，徒弟也只是俺村的庄稼汉，据说最拿手的也只是洪拳。

武器都在叔们的屋子放着，大刀、三节棒、棍，我最爱看的是大刀，爱那刀上的红绸子。这是祖父母家里最豪华的东西，那绸子营造出一种很热烈的氛围。我在很长一段时间里朝思暮想，想把那绸子解下来，扎到头上。可是叔们都是二十来岁的小伙子，因为穷，他们的婚姻问题很是不妙，哪里会留意我的心思。

祖父去世后的十多年，和他同时代的老太太向我说起祖父当年的壮举。村里人去镇上赶集，但是镇上的人把我们村的人赶回来了。祖父听说后，拉上徒弟就去镇上，用他的盖世奇功让俺村赶集摆摊的人在镇上站稳了脚跟。这老太太还说，那时全村人都跟着祖父习武。有次为争水，俺村和一河之隔的赤金泊村短兵相接。俺村大捷，缴获了许多铁锨。

祖父并没有什么《莲花宝典》《天外飞仙》之类奇书传世，六个儿子中只有两个儿子学了点，也都荒疏了。后来父亲告诉我，我们的祖先是匈奴，原先姓金。匈奴，骑马佩刀，祖父原该是祁连山下的单于，儿子们也秉承了草原气质，五短身材、浓眉大眼，站在祖父左右，一群沉默寡言人。

国庆

国庆生得和别人不一样。

国庆丑，整个人像被纵向拉压，身体瘦长，脸只剩下窄窄一条，且密密层层地生着些麻点，如同写满了盲文，又总穿黑衣服，看上去鸠形鹄面，像匹瘦马。

单是丑，国庆还不至于和别人不一样。身高一米九的国庆有很严重的"×"腿。国庆的腿如果可以伸直，大约会有两米多高。

国庆的腿使国庆走路的姿势非常复杂，好像两把拐在打架，他走路的样子使小时候的我非常恐惧。常常有淘气的男孩子向国庆背后掷石子，喊他"国庆傻子！"国庆就会敏捷地转过身来，折叠着两条腿狂追。国庆一般不赶尽杀绝，他狂追几步就会停下来，而国庆其实是跑不远的。

其实国庆从不招谁惹谁，那时，少年的国庆不读书，不跳跃，他孤独地成长，唯一的休闲场所就是村口。

北方的村口无非是这样，阳光亮得发黄的时候，墙脚下总少不了晒太阳的老人，年来岁往，有人消失，有人补充进来。人们把这个地方叫作"等死台"。老人们一般也是黑衣、黑脸，像一些飞了一辈子飞累了的鸟，落在地上。老人们下石子棋，说话，或者只是默默蹲着。

少年国庆每日便混迹于"等死台"的老人堆里，他不能蹲，只能站着靠在村口的石块墙上，像墙上的浮雕。本来就高的国庆再站着，就更鹤立鸡群，成了村口一座标志性建筑物。每次乘车回家远远看到黑色的国庆背靠墙壁，耶稣似的，就会欣慰地说："啊！到家了。"

靠着墙的国庆右腿累了就换左腿，左腿累了就换右腿，换来换去，国庆就成了青年。

青年国庆和冬宁好上了。冬宁是村里一个弱智少年，说话大舌头，爱和人打招呼，每次见到我都大着舌头问：

"走哦？啊～～～～姐。"

"吃哦？啊～～～～姐。"

国庆和冬宁两个人惺惺相惜，早晨一块去"等死台"蹲着，晚上一块回家，两个人也打架，好了打，打了好。村口一般死寂，国庆和冬宁的打架算是比较精彩的节目。打架的时候，国庆和冬宁先是肉搏，四只手拔着两颗头，国庆的腰弯成六十度角。

"好了，好！"看的人们说。

冬宁年少，自然先抵不住，一边跑一边骂，国庆就搬开"×"腿怒追。

青春照例是孤独的，而国庆的青春竟是无边的荒凉。

没有人爱国庆，除了他妈。

国庆妈是个高高的老女人，大儿子在北京，二儿子在村里，国庆是她最小的儿子。她始终像伺候一个婴儿那样对国庆好，国庆也不惜力气，割麦便割麦，拔草便拔草，脱粒便脱粒，但国庆的腿并不能干太多太重的活，所以大多时候是在村口待着。

后来国庆就很少去村口了。因为国庆妈老了，八十多了，不能伺候国庆了。国庆也年近半百。二哥要搬妈去住，国庆不让，二哥就不再坚持。国庆像伺候一个婴儿那样对妈好，常常用独轮车推着妈在村里兜风，在村里往北去一趟，往南去一趟。右边坐着妈，左边放一块和妈差不多重的石头，这样推起车来容易保持平衡。

推着妈的国庆走起来就更复杂了，两条腿折叠成锐角，走一趟得一头晌。有一趟，左边的石头滚了，车子一歪，右边的妈也滚到地上。

国庆推着妈出门的时候，北京到威海的火车正经过村头，那种铁器互相撞击的呼啸仿佛另一个世界，而国庆只是原始社会遗忘在现代的最后一个类人猿。

"建国、建国啊……"国庆妈想念大儿子，醒里梦里地叫。秋天的一个傍晚，暮色渐渐深重，国庆背靠着村口的石头墙，说："我要和俺妈上北京。"

人们笑了，问："怎么去？你妈不能动弹。"

国庆看着地，说："推着去。"

第二天，第一缕朝阳准时落到村口，人们看到国庆推着独轮车出门了，右边是妈，左边是石头。人们问："国庆，推着你妈上哪去……"

国庆说:"上北京!"

日头在前,国庆的影子紧跟在国庆身后,又高又直。

——谨以此文纪念 2015 年在敬老院突然病故的国庆

"你村叫什么名？"这是不少读者问我的第一个问题。

我告诉他们："俺村的名字不好听，既无文采，也没诗意，是一个简单甚至简陋的方位名。"

俺村的名字如果好听，我就不写"俺村"了，直接写村名，比如"杏花村"。多好听，色香味、诗书画俱全的名字。

我们这里多少好听的村名呀，比如桃花岘。软枣林。紫草泊。柳林庄散发着山川草木的气息，方言土语的韵味。

浪暖口、慈家滩，是大海故乡的蔚蓝、潮汐的温度、海岸的辽阔。

梧桐庵、六度寺、开真观，有禅意，都是修行的村。

呼雷汤，霸气！三个字的风生水起。

山重水复疑无路，柳暗花明又一村，该是止马岭。

醉里乡音相媚好，白发谁家翁媪，此为百寿庄。

虎口窑，黑陶时代。

止马岭，易守难攻。

歇驾夼、辇道口，秦始皇冬巡的历史足印。

西藕湾，开门郎不至，出门采红莲……

这些美丽的名字当初是谁的原创多不可考，想来当时的村人没读多少书，没有多少文化，给村落命名，无非是依据方位、地貌、植被、姓氏等即兴而定，一个村摊上一个好名简直就是随机产生的，是村庄天生丽质的好命运。

这些美丽的村名本身就是一首诗的题目，接续着唐朝、南北朝，甚至更远古的气息，有着野花野草的自然之美，与村庄、村人的样貌形似神通，达到一种和谐至境。但后来有些村更名改姓，烙上了时代的痕迹，生产村、团结村，现在更又有许多城中村因为房地产开发改成什么上海城、上海豪庭、普罗旺斯小镇，我就不知道我们这个胶东县城何时成了上海，甚至法国。

尽管俺村的名不好听，但我不会为了虚荣，给它在文章中虚构一个名字，什么香榭丽舍，什么枫丹白露之类的矫揉造作附庸风雅的名字。

俺村行不改名，坐不改姓，尽管不好听。写诗歌评论的燎原先生问我："你们村叫什么名字？"

我说："院东。"

"为什么叫院东？"

"因为村西有一座寺院。"

"寺院叫什么名字？"

"院东寺。"

他大发一笑。

村庄志　/　俺村的名字

譬如朝露

春节、中秋、端午，一年三大节，在我们这里，只有端午节还保留一分浪漫。

元宵节只煮元宵。听妈说她们小时候元宵节用豆面做属相灯。晚上处处是灯，狗灯放在门口，蛇灯放在水缸边，鸡灯放在鸡窝旁……晚上孩子们都提着自己的属相灯上街，看谁亮的时间长。现在是只煮元宵。很难吃的一种食物。

惊蛰日是在室内放鞭，用红纸剪一些龙等挂饰、剪纸贴在窗上，挂在鸡窝、猪圈，拴在小孩子的衣帽上，用以辟邪。

清明不过是蒸一种像燕子形状的面食，因为从清明起，燕子就从南方回到北方，燕子是北方人的图腾。

六月初八是胶东特有的节日，据说是一条龙的生日。这条龙的母亲是文登人，凡人。这天人们蒸一种很大的饽饽，形状像最大的乳房，又用一枚梅花印章，在乳头部位印上一朵桃红色的梅花，这大约是北方面食中，最性感的一种，它的嫩白、香艳、绵软，使人垂涎欲滴。妈总是用高粱秆盖子盛出六个来，端着，走到院子中间，仰头对天唱个诺，说："天老爷！吃吧！幸亏你，咱们才有这么白的面吃！"

妈这样感恩，我就想哭。

按理说中秋应该是最浪漫的，但其时庄稼人都忙着秋收，胡乱塞几口饭饱肚，哪里还有闲工夫赏月。

节目最多的还是端午吧。日出之前要去野外采露。"野有蔓草，零露瀼瀼。有美一人，婉清扬兮。"拿一条手帕，走出村子，晨雾弥漫，人在虚无缥缈中，漫山遍野的水汽正在结晶，举手投足之时，露水像珍珠一样坠落，据说，端午节这天的拂晓，用露水浸湿的手帕涂擦皮肤，有预防皮肤病的功效。

采露回来要吃鸡蛋、鸭蛋、鹅蛋、粽子。手腕要缠五彩线。门上要挂艾蒿之类。

最快乐的是碰蛋，看谁的蛋结实。鸡蛋最不经碰，鹅蛋则所向披靡。

端午节还有一项最重要的活动是送端午礼。家里的亲戚们都要走一走，拜一拜。

从小我就为妈做这件事。亲戚、邻居、朋友，妈把礼物一份一份地准备好，我就一家一家地去送。无非是二十个鸡蛋、十个粽子之类，被送的人家一般都有回礼，在回礼的处理上，颇复杂。

每家都有标准，比如四婶家，妈会说："你婶要是给咱回的鸭蛋，你就拿着，要是回的鸡蛋，就不要，咱家有鸡蛋。"

要是树秀婆家, 妈会说:"树秀婆不管给什么都不要, 她是老人。"

但拒绝回礼难度很大, 尤其是树秀婆。树秀婆八十岁了, 力气却大。每次去送, 她都要回礼, 有时是十只鸡蛋, 有时是四只鹅蛋。

现在, 树秀婆去城里养老了, 她的房顶长满流苏瓦松, 它的叶片能吃, 滋味清凉, 譬如朝露。

俺村的狗

晚上，在房顶上躺着数星星。星空下，蝙蝠们穿着蝙蝠衫，蝙蝠侠一样在我们头顶无声盘旋，邻居们说起村里的狗。

"城里的狗早晨都和人一样上街溜达，听说。"一个说。

"城里的狗都穿衣裳，听说。"一个说。

"村里的狗死了都烧纸呢，城里的行吗？"一个说。

我不由大笑："谁家的狗烧纸？"

我向爹求证，爹只简单地说："嗯哪，出狗殡。"

原来，俺村一户人家搬进了城里，留下一只狗看门。一天夜里，俺村几个人摸进去，殴死了狗。那夜，整个村子都能听见狗的痛号。

爹说："费好事才弄死了呢。"

等到主人得知消息回村后，狗已经被吃了。于是俺村就有了一场狗的葬礼。

我没有目击狗的葬礼，只知道狗，埋在村里的一个无名高地。

狗在我们村大面积出现有两次，一次是

上个世纪八十年代，一次是现在。

八十年代一般是看家狗，现在多为宠物狗。我们家就有一只宠物狗，和五婶要的。

小狗睡在拖鞋里，黄的毛，湿而凉的鼻子，像个会跑的线团。一个月之后，它已经狗模狗样了——长得很丑，凹进去的小脸像被谁捣了一拳，又密密的生着长毛，把眼睛遮住，妈便常常给它剪，把它的脸剪得坎坷不平，更丑了。它一上街，人们见到它的第一句话就是："谁家养这么丑的狗？"

我给它起名叫"狗不理"。狗不理的脸谱，使妈和小婶想起了同一个人——我的祖父。妈指着狗不理对爹说："这狗的脸，越看越像你爹！"爹悻悻，不说话。小婶看见狗不理，回家对小叔说："二嫂家的那狗，长得真像咱家他爷。"

但是邻居们认为狗不理长得像我，她们对妈说："那狗淘气，就像你们家大闺女。"

人们公认狗不理是俺村最聪明的狗，它眼神灵活，颇通人性，尤其是长约三寸的小尾巴，像个永远竖着的手指，切切察察，飞快地摇动，一刻不停地向天发送某种信号。狗不理能看懂人的表情，我因为偷喂它火腿肠，它就讨好我。我坐着，它就趴到我腿上来，我打太极拳，它就绕着我转圈。

但是两个月后，狗不理被驱逐出境了。一是它偷东西。有段时间，爹总在院子里发现陌生的抹布、鞋子甚至内裤之类，仔细端详，不是我们家的，正纳闷时，邻居主妇从门口经过，看到爹手里的内裤，大惊，说："这，这不是俺的吗？俺晒在俺家院子里，怎么在这儿……"爹便知道了——狗不理干的。

最近它颇爱串门子，附近的街坊邻居家都串遍了，这下可好了，俺村凡是失盗的全来了。

再后来，妈发现，很久没有看到狗屎。院子、门口、鸡窝都找了，也没有发现。有一天爹偶然到了房顶，一看不禁呆了，房顶上全是狗屎，一小堆，一小堆排列着。要命的是，我们家房顶上一堆也没有，全摆在邻居的房顶上，一家一家的摆，眼看就要摆到第五家了。这时邻居们也上了房顶，看到爹，指着狗屎说："你这狗爹，快来给俺洗房顶。"

狗不理被退回给五婶了。五婶又送给亲戚，一周后，亲戚又退回来了，说："它专门往别人的房顶上拉屎，实在管不了。"

狗不理现在的去处，无人知道。邻居也养了狗，竟也命名为"狗不理"，那样蟹壳脸的东西，也配么？

鸡鸣岛

去鸡鸣岛，走海滨公路，右边葱茏的山峦连绵起伏，巨型风电的白色叶片在山顶缓缓旋转；左边是碧海蓝天，鸥鸟翩翩飞鸣。岸边的绿化带里，蜀葵绽放海碗似的大花，绢白、浅粉、火红的一朵朵，好比渔民的豪迈与响亮风格——胶东半岛，我的家乡，她的海岸线的确是一片旖旎风光。

鸡鸣岛离陆地两公里，在码头上，可以看清鸡鸣岛的植被。船来了，孩子们欢笑不断，在船舷上俯身捧取浪花。我躺在船舷上看天。真美，真静，只有海浪轻轻的低语，海鸥绕船而飞。这是太平洋，太平洋是不是宇宙中最美的海呢？湛蓝的天空，体积很大的白云像是从海平面上升起的，海水蓝中透绿，海浪摇着船，像摇着摇篮。

这样的海，这样的天，我相信它们之间是有交谈的。何时风起云涌，何时波平如镜，它们之间是有默契的。

十五分钟后来到岛上。这是一座村庄那么大的海岛。岛上草木茂密，绿树掩映。四周礁石遍布，跌宕多姿。胶东半岛独有的古老海草房仍是岛上居民的房屋，六十户居民聚居在岛西侧，岛上没有一辆车，甚至没有自行车，没有耕地，交通工具和生产工具是木壳船，除了海产品，其余一切生活用品均需出岛购买。没有路灯，手电筒是必备的照明用具。没有淡水，唯一的饮用水资源来自天上，家家户户都有储存雨水的水窖。行走在岛上，我像是来到了纪录片里。《远方的家·沿海行》那样的纪录片，《人类星球》那样的纪录片。

码头矶上，不少人垂钓。在码头矶上，坐看鸡鸣岛的海上日落，是一天中最为瑰丽的时刻了。西天残霞绮丽，落日燃烧，海鸥在海面上、晚霞中振翅而飞。时光可以这样慢，太阳可以迟迟不落，海可以这样耐心地等待它的入怀。

在鸡鸣岛，我看到了真正的海，真正的岛，真正的渔民。海上公园、海水浴场，那都不是真正的海，真正的海是能行船的，真正的岛在海中央，真正的渔民，他们喝雨水，以船为脚，海是他们的土地，鱼是他们的主食，他们的乳名叫海，他们枕着涛声入睡，迎着海风出海。他们生活在岛上，就像生活在鲸鱼背上。

如果他们老去，就是一部《老人与海》。

晚上露营，我久久不肯进帐篷。是夜星月交辉，海风轻拂，我抱膝露坐，仰观天文，看那颗颗大星，光芒有角，看那冰轮升海岛，乾坤分外明。

渔家傲

我认识一位渔民。

他五十岁出头,姓孙,名海。生在岛上,打鱼为生,酱红色的脸膛是他五十多年海上光照的烙印。

正是休渔季节,他不出海,只在岛屿附近守株待兔地放一些鱼笼子。每天收放两次,他们叫"看笼"。"看笼"需二人,总是他们夫妇一起。他们驾船来到放笼的地方,一个收笼,一个放笼,并随时修补破损的笼子,有时是女人,有时是男人,拿过船舷上的海带颜色的尼龙线和大针,补完后,用菜刀割断。他们没有吩咐,没有碰触,分工明确,动作默契,操作得很快。

他们都穿着海带颜色的防水背带裤子和高筒雨靴。女人包着头巾,男人裸着头脸,在海风里吹,在烈日里晒。笼子一个个出水了,并无收获。收完近百个笼子,只得到三条长不盈尺的小鱼。显然这种情形于他们已不鲜见。男人只在放下笼子时叹息说:"太干净了。"而女人则认为"鱼搬走了"。

孙海说,人们来这个岛上居住,已有三四百年。孙海戴九百六十度的近视眼镜,像戴着两块钢化玻璃。我四百八十度，就失去了长焦和近距，只剩下微距了。他是我的两倍，能看清大海和天空吗？问他，他说："开船靠的是祖传经验，不靠眼。"

他说他去过最远的地方是辽宁，在那里，他经历过渔民生涯中的生死时刻。那次他去捕捞海蜇，海蜇与台风同时到来，渔民纷纷铤而走险。滔天巨浪中，同去捕捞的船只不少遇难，二三百人葬身海中。"一个浪一舱水，一个浪一舱水。"他说，"这时候你不能胆怯，胆怯就是死。"说这些的时候，他两眼闪着光亮，像灯塔似的在酱红色的脸膛上照耀着我们。

他说，现在的天气预报没有以前准了。从前的天气预报，总有"明晨左右转西南风"、"中午左右转大雨"之类的字眼，很具体、很准确，现在没有这样的字眼，而且不准。

作为渔民，他关注各级天气预报几十年，他的理论与实践已经比气象专家都要丰富了。每一次风吹草动，他听听海浪就能知道吧。

我问他："嫂子她，愿意嫁到岛上来吗？"

他说："愿意，因为岛上没有地，女的不用干活。"话没说完，女主人"嗷"一声叫起来："放屁！没把我当驴使，还不用干活，这房子谁盖的？这井谁打的？"他不回应。

他说，你们上班的压力大，闲了来这里散散心挺好。

我问他，那么你在岛上生活，没有什么压力吧？

他说，有。比如今天我只打到三条小鱼。我就有压力。别人打的比我多，我的压力就大。

他说他打鱼几十年，从没像今年这样惨淡。他说从前，爬虾多得做肥料，贝类只好铺路，鱼呢，他曾捕到一条猪嘴鲨，八千斤。四吨。这是他捕到的最大的鱼。

海的盛况距今不过四五十年，樯橹灰飞烟灭。现在，海只剩下水了。有次在渔村采访，一位渔民说，不少渔民把船卖了。一条木壳船卸下发动机后，四百元一条。买了去的人，用起重机把船抓起来再摔下，一条劈波斩浪的船就被拍成一堆木柴。木柴不是拆船的目的，拆船是为卖钉，一条木壳船的船钉可以卖到一千多元。

孙海的船还没有拆，但已沦为游船，以接待游客谋生，这对他来说，我觉得是一种羞辱。

牧羊曲

姐姐的村庄，对我有无穷的吸引力。

姐姐家有农田、果园、菜园、蘑菇大棚、羊群，这是姐姐家所有的财富，这些财富都在一个山坡上，这个坡度为三十度的山坡，是个向阳的山坡，世界上最好的山坡。北方所有的水果，所有的菜蔬，这都有。

在这个山坡上，姐姐夫妇不管种什么，养什么，都有很好的收成。他们当农民、当果农、当菜农，有时他们去海边打工，当渔民，现在，他们又当起了牧民。

迎着晚照，我们向山坡上走去。走进羊棚，羊们就叫唤起来。姐姐的羊分为两种，本地奶山羊的声音略显苍老，波尔多羊的声音则是婴儿腔。不论是本地羊还是外地羊，如果你细听，它们并不都叫"咩——"，它们有的叫"母——"，有的叫"妈——"。我发现所有的羊，都是微笑的表情。这是一种超出善，也超出恶的微笑，就像蒙娜丽莎的微笑。

在这个生机盎然的山坡上，有二十只这样微笑的羊。

羊进食是很优雅的，你基本看不见它张

嘴,嘴唇的动作幅度很小,吃得很仔细,春蚕似的。如果你摸它们,你会发现,羊角是有温度的,和你的体温一样。我从前认为羊角是死的,是和树枝一样的。羊头上的毛很柔顺,像孩子的头,散发着生灵的气息。

姐姐在大棚里用木头钉成栅栏,放几只石槽,把羊围在栏里吃草。干草。我蹲在槽边看。不防"扑哧"一声,一只羊喷了我一脸一身草屑,羊呛着了,打喷嚏。羊还咳嗽呢。姐姐说。

为了深入了解羊们的生活,我开了羊栏的门,走进群羊之中。羊们扭过头来,微笑地看着我。有几只凑过来,亲吻我粉红色的布鞋。我蹲下去,它们就来亲吻我裙子上的花朵,亲吻我的头发。

有只小羊跳出木栏,溜到棚子外面去了,它抓紧时间,低头猛吃。仔细一看,它吃的是萹蓄的嫩苗,还有一年蓬,播娘蒿的嫩苗,它也吃。

我说姐姐,以后我来放羊吧。风和日丽的乡村岁月,我赶着二十只羊,唱着《牧羊曲》。四面青山环绕,几处水库荡漾,小小的山谷幽深僻静,一片片梯田一层层绿,一亩亩小麦一座座山,云蒸霞蔚中,隐约露出红瓦屋顶,这就是姐姐的村庄,这就是我的乡土中国,有良田美池桑竹之属的乡土中国,阡陌交通,鸡犬相闻,林间小溪水潺潺,坡上青青草的乡土中国啊。

俺村的梨树开花了。

俺村的人都在梨园授粉。

这是俺村春天里，最壮观的场景之一。梨花从开到败，不过一周，授粉最佳时间只有三天。因此授粉是每年四月最重要的事情。但我一直没有近距离地观察授粉，只是无端地觉得，授粉是一项很有舞台感的劳动。三五成群的妇女们，穿着花衣裳，包着花头巾，在花丛中工作多美丽，就像《诗经》里"采采芣苢，薄言有之""参差荇菜，左右采之"的那些上古女子。

这天，我决定去看授粉。

去梨园的路上我想，给梨花授粉用的是梨花吗？还是用毛笔呢？要不用筷子？到了梨园，只见一树一树梨花盛开，每一棵树都是三七开，七分花朵，三分蓓蕾，花朵都是初开，最早的一朵也开不过二十四小时，一朵落花也没有。妇女们正在授粉，树下有只小狗。一看，却有些讶然，她们手里拿的，不是毛笔，不是筷子，更不是梨花，而是铅笔。带橡皮擦的铅笔。她们用的是有橡皮擦的那头。

　　她们说，这是她们经过很多失败的尝试后，选择的最佳工具。她们先后尝试过竹枝、自行车的气门芯，最后发现铅笔擦最好用。

　　梨花开时气温低，没有蜜蜂，所以需人工授粉。如果天气晴好，则要上午一遍，下午一遍。

　　俺村的人，能预知下一批梨花的开放时间，能说出每一朵梨花开了多久。在艳阳高照的中午，她们多次目击过一朵梨花徐徐绽放的全过程。

　　她们一手拿着盛有花粉的小瓶子，一手拿着铅笔，蘸一下花粉，点几朵梨花，好比她们是画家，一手拿着调色盘，一手拿着油画笔，画春天的音容笑貌，也画秋天的果香蜜甜。所有的梨花都挨挨挤挤地凑到眼前，举起它们的花瓣盘子，渴盼着，承接着。雄蕊是一圈胭脂红，雌蕊顶着蜜珠，亮晶晶、羞答答的，铅笔点过来了，花粉立即被蜜珠含住，流向子房。

　　"蘸上一粒就行了。咱们肉眼看不到。"她们说。嗯，是挺神奇的。她们还说，授粉成功的梨花，蜜珠马上就消失了，柱头马上就卷起了，雄蕊也很快由胭脂红变为黑褐色，花瓣就被风吹走了。俺村的春天就进入了妊娠期。

　　梨花一万朵、一万朵地开，开成一片香雪海，这是俺村的午后。有动，有静，有描绘春天的人，有酿造甜蜜的人。

　　俺村的春天，没有袖手旁观的人。他们就像蚂蚁一样，工蜂一样，也像牛、像马，在多年的劳动、各种的劳动中，默默形成了明确的分工，每个人在每件事中所要担负的使命无须分配，完全天成。你耕田来我织布，你挑水来我浇园，俺村的人就是这样一群自觉自愿的人。

除了看电视，他们从不休闲娱乐，每个人都在一种极端勤劳的状态中活着。他们不赏花，他们说，今年梨花开得好，不是说好看，而是说收成。他们也不觉得梨园里那些密密麻麻的紫花地丁、麦瓶草多么好看，只有小狗在这些野花中欢跳。刨土，用前爪刨，用鼻子拱，一无所获也很快乐，一嘴泥地看着你。

从梨园离开时，遇到一群前来授粉的妇女，她们包着头巾，系着围裙，丰乳肥臀，身材都像梨。

表弟

姐，樱桃熟了……

姐，杏子熟了……

姐，桃子熟了……

自从表弟承包了一座果园，从春天开始，就不断地接到表弟发出的采摘邀请。于是樱桃红了的时候，我去摘樱桃。迎面一个汉子走来，身材魁梧，穿着褪色的迷彩服，脸晒得那个黑，这不是表弟，我表弟也这么高，这么黑，但我表弟走道儿有气场。

表弟生得铁塔般的身材，头剃板寸，面如重枣，声若洪钟。小学没毕业，就从农村的火坑跳进万恶的商海，那是九十年代初，改革开放，遍地是钱，他创业、创业、创业，百折不挠，机会像雨点般的向他砸来，他都一一躲过了，宝贵的豆蔻年华和青春岁月都在为了生活四处奔波。在他成为一座果园的主人之前，表弟先后当过布鞋厂装卸工、卖糖果小贩、卖鞋小贩和卖苹果小贩。

其实表弟一直是个有想法的人。那时俺村生产皮鞋。皮鞋是俺村自古以来的特色产品，俺村的皮鞋声名远播，热销方圆五公里，表弟决定做俺村皮鞋代言人，把货铺到方圆一千公里之外。于是，他带着两百双皮鞋，远赴新疆。每提此事，我舅都老泪纵横地说："个小侉子，也不告诉家里，自己就走了……"

那年，他二十岁。

二十岁的表弟，胸大肌燃着熊熊烈火，远走，发财，成功，衣锦还乡，寻找人生价值，成就一番抱负，小学文化的表弟没想那么多，只是认为新疆，离我们太远了，祖国的边陲，从来没有穿过俺村的皮鞋，一定要让新疆人看看，俺村的皮鞋，是世界上，最好的，皮鞋。就这样，表弟从黄海岸边的一座小村庄出发，山东、河南、山西、陕西，从大海到沙漠，从丘陵到高原，从春天到夏天，只身行旅，穿过整个中国，最后在甘肃又坐了三天两夜火车才到了新疆。

卖掉三双。

新疆人不穿皮鞋。表弟说。

我说："当年玄奘从东土大唐长安到西天取经，历经九九八十一难，你都遇到过什么考验？"

表弟说："小偷太多了。钱缝在裤衩上，但有几块零钱，装在裤子后兜。我看着鞋、看着钱、看着小偷，一宿一宿的不睡，后来实在不行啦，睡了，钱就被偷了。偷的时候，我知道，可是眼睁不开啊，太他妈瞌睡了……"

我问表弟："火车上三天，你吃什么充饥？"

"吃馕。"

这是一九九五年的事情。

现在，他是一名果农。表弟的果园在一座山的南坡，这山坡有两座果园，都在百亩以上，分别是表弟和另一个人承包的，两座果园采取两种完全不同的种植方式和管理方式。表弟的果园是绝大多数果园的管理方式，打药、施肥、授粉、套袋……

那人的果园，不打药，不施肥，结几个算几个。纯天然，原生态。

他们经常互动。一个是为温饱而操劳的果农，一个是实现了"农夫、山泉、有点田"的成功企业家，两个不同层次的果园主，碰撞出不一样的理想火花。表弟的理想，是解决温饱；那人的理想，是多活两年。

那人说表弟，你看现在的人，脑血栓的，癌症的，都是农药化肥害的。要吃安全食品，就得自己动手。你看我的树招虫子了吧？有毛病了吧？结果少吧？不要紧，给果树们时间，两到三年，适应自然，你看那个老虎，人工饲养的，放归山林总得适应一段时间，死一些，伤一些。过了这段时间，就好了，果树就野化了。你看山上这些树，松树、栎树、槐树，哪有施肥、打药的，不都长得挺好的？果树也会适应的，完全成为山上的树，接受大自然的照料和喂养。

在这样的理念下，那人用烧钱的方式，在果园里进行原生态水果、蔬菜、庄稼种植试验，以活生生的例子，直观地告诉我们，不打药、不施肥，基本就得喝风了。

就这样，一山之坡的两座果园，到了秋天，呈现两种景象：一边硕果累累，一边是荒芜凋零，人类好不容易提高的生产力在这里归零……

"小鸡巴东西，又是虫眼又是疤，用网套包着往杭州发，往上海发。给我吃我都不吃。"表弟说。

那人说，你理解不了。这是我们圈里人吃的。

他们圈里人的资产据说都以亿元计，分别在不同的省买了地，自产安全食品，用于圈里人交换和分享。他们圈里人吃的水果，又小又硬。他们圈里人吃的白菜种了好大一片，所收无几。他们圈里人吃的花生米，长得黄豆那么大，他们圈里人吃的姜，只有手指粗……他们圈里人，就是这样任性。

表弟的果园去年苹果产量十三万斤。那人的不到一万斤。表弟的苹果又大又红，那人的苹果又脏又小。

表弟摘了自己的苹果送给那人吃。那人说："我们不吃你这样的苹果，你的苹果有毒。"

乡村婚礼

毕竟农村的婚礼最像婚礼。

村路两旁的树、墙、草垛都贴着大红喜字，整个村像涂了胭脂，张灯结彩、喜气洋洋的。忽然爆竹如焦雷，震耳欲聋的"砰啪"声响过之后，烟雾开处，轿车缓缓的，新娘款款的，拜天地、拜高堂、拜夫妻，入筵席……

堂弟是个铁匠，他的工友全是铁匠，专业的说法叫作锻工。堂弟结婚这天，有整整一车间四十个铁匠来俺村参加堂弟的婚礼。堂弟是四婶的独子。四婶家人来人往，门口一辆农用三轮车的车帮上写着："婚庆厨房"四个大字，人都知道，四婶请的厨师开着他的厨房驻扎下来了。院子里简直插不下脚，碗、盆、桌子、柴草，一字摆开三口大锅，我马上想象出厨师沙场秋点兵的气势。三婶、四婶、五婶、小婶各负其责，杀鸡、剖鱼、切猪肉，用心细细地洗，女人的臂膊都在水里浸得通红，四婶戴着蒜头银镯子，小婶戴着雕花金镯子。妈将二十棵白菜都细细地切做饺子馅，装了一条麻袋。本家的男人们坐在炕上排席、论事，转马灯似的里走外走……

北方的天黑得快，灶间已经昏暗下来，

四婶家仍是十五瓦的灯泡。灰黄色的灯光下，堂弟在锅上大力炒菜，灶前一个人在烧火，短发散乱，又似乎斑白，很像四叔。我心头突突跳，站住仔细看：真是四叔！我的鼻子立刻发酸。三年前，四叔病故，在这灶间躺着，脸上蒙着黄纸。四婶怎么哭，四叔都沉默着，黄纸掩盖了他脸上的表情。

烧火的人转过头来看着我，不是四叔，是三叔。我从来没有注意过，三叔和四叔的侧面这样像。

早晨七点，四婶娘家的客人陆续赶来，她的兄弟姊妹、侄子侄女外甥、重侄孙、重外甥几十号人都来，堂弟车间的几十个铁匠也来，他们全都剃着板寸，像规格整齐的扳手和锤头，从贴着"高朋满座"、"嘉宾盈门"等横批的门里进进出出。

十一点，婚车来，大家严阵以待，扛鞭炮的扛鞭炮，端盘子的端盘子，喷彩纸的喷彩纸，只等婚车从村头出现。"砰！啪！"只听鞭炮炸响，天上立刻洒下阳光和奶糖，老老少少的人们从各个胡同涌过来，全村响起一片"吱呀吱呀"的开门声。等到新郎新娘在院子里站定，四婶家已是挤得水泄不通。院子里、房顶上、猪圈墙上站满了人。新娘发髻间的百合花、雪白的婚纱、手里的鲜花花篮、指甲上精致的彩绘照亮了这个农家小院。

拜天地、拜高堂、拜夫妻，行礼的时候，总是最煽情的时刻，那些板寸们向堂弟吹口哨，老太太们当众抹眼泪，唏嘘着、叹息着，一眼望去，这些白发苍苍的人仿佛这个秋天里，我看过的那场芦花。只有在乡村，你才能看到很久以前的人，很久以前的东西，很久以前的时光。

　　院子里进行的，是一个古老故事。古老的房子，古老的村庄，古老的秋天里，俺村的人都像古人，使你觉得好像来到一个古老的母系氏族部落。这个故事老辈子就是这样的，这代表了尘世的地老天荒。生日礼、婚礼、丧礼，这是一个人在世间的成长序列，一个人全部的生命礼仪。过去与未来，古老与现代，仿佛天翻地覆，日新月异，雪白的西洋婚纱替代了大红的凤冠霞帔，汽车替代了喜轿，好像什么都改变了，但又什么都没有变，喜字的写法没有变，鞭炮的味道没有变，红彤彤的颜色没有变。

晚上临睡前，在对着镜子搽晚霜时，他说："每天晚上抹呀抹的，有用吗？"我摇摇头，说："像牙医的女人那样生活，需要很大的勇气。"

牙医的女人是俺妈的邻居，一个五十岁出头的农妇，在五十多年的乡村生活中，她形成了丰富的俭朴生活经验，并一直坚守这种方式，那就是：一切以实用主义为目的，寸草归垛、颗粒归仓，物尽其用、变废为宝，钱，尽量不花，东西，尽量不买，更不要说花钱保养皮肤。

这个观点，是今年大年初一，她坐在俺妈家的炕头上，告诉我们的。那天，一屋子农村妇女针对节俭和浪费，展开了热烈又长久的讨论。她们并不知道中央最近正提倡节约、反对浪费，不知道这个话题是多么的与时俱进、多么的主旋律，她们只是在谈及购买年货和新年装的时候，自然而然地说到节俭和浪费。她们讨论这个问题是一个怎么过日子的问题，与腐败无关、与环保无关、与修身无关，只有一个目的：省钱。

牙医的女人过日子很细。坐在俺妈的炕

头上，她指着自己的脚说，这袜子是我儿子不要的，这裤子是我闺女不穿了的，这个毛衫是十年前的了。这个裙子是今年买的，也能穿十年。一件衣裳，穿不碎，不用买新的。

她说，我买东西，先得想这件东西有没有用？有用的话，能用几次？只能用一次的东西，我不买。

我问她，你省钱干什么？

给儿子。你也有儿子，你不给儿子攒钱买楼吗？

不给。我花剩了才是他的。我不会为了儿子降低我的生活质量。我工作为赚钱，赚钱为享受，我喜欢什么就买什么。喜欢旅游就去旅游，看看山呀水的。

有什么看的？山还不都一样？知道那有个山就行了。

不，你那是了解，我那是欣赏。

什么是欣赏？

欣赏就是领略事物的美。

什么是美？

我被牙医的女人问住了。

曾经我问她有没有幸福感？她问我什么是幸福，现在她没有美感。

好吧，咱不说什么是美了——经济条件达到了，不必省吃俭用。人活着，应该享受生活。

我没觉得我遭罪啊。

……

同牙医的女人交谈，我觉得自己一直过着一种穷作的日子，从我挣工资的第一天起，就开始穷作了，结婚后，经济独立了，更加穷作了。从来不去想什么积攒、投资、理财，有钱就花，没钱就熬，迷恋精美的东西，向往奢侈品，迷恋铺张，迷恋排场。有段时间疯狂买鞋子和帽子，家里的鞋柜放不下了，就转移到办公室的柜子里，帽子到目前为止也有二十顶了。围巾，更是到了汗牛充栋的程度。现在迷恋餐具和内裤，每到商场，必逛餐具摊和内裤摊，四个四个地买。这是不是一种低级趣味呢？我是不是个物质控呢——同牙医的女人交谈，我的世界观发生了紊乱，生活方式发生了动摇。

同牙医的女人交谈，我觉得自己十分矫情，习气重，欲望多，因此有烦恼，有纠结，各种空虚寂寞冷都有。

同牙医的女人交谈，我觉得我对这个世界索取得太多，既有物质欲望，又有精神需求，在衣食无忧之后，仍不知节制，不断索取精神食粮，要温暖，要关怀，要感情，要实现自我，要得到肯定，要辽阔的视野，要充实不时空虚的内心，要想同这世界有更深层次的理解和沟通。

过去，我对节俭的理解只有一层意思：省钱。吝啬。不舍得。穷。现在，我觉得应该从另一个角度来理解节俭和节俭的人。因为牙医的女人并不穷，在俺村可算收入上等，她也并不吝啬，她对自己节俭，对别人却很大方。静以修身，俭以养德，这句话的意思今天我才有些许领会。

像牙医的女人那样生活，在经济条件允许的情况下，也不把注意力放在皮肤上、放在皱纹上，放在和时间斗争上，不把钱财都花在追逐时尚、穿衣打扮、吃喝玩乐上。像牙医的女人那样本色，简单、再简单，简单如一棵树木、一座岩石，对物质所求甚少，对自己极为简朴，爱惜东西，只想净土法门，不想娑婆世界的事情，百岁老人一般都是这样的人。

房间每晚五十元。

五人合住。男女都有。

清洁工每天清扫两遍房间。

有洗手间，有电视，有中央空调，有叫人铃，二十四小时热水供应。

餐车每天三次推到房间门口，一份菜八元。

到处都是电梯，你可以躺着去往任何一个地方。

这是八楼，神经科。

神经科的病人没有神经病，有脑血栓、脑梗死之类的脑血管病，他们是些穿着蓝色竖条衣服的人，他们僵卧在床，动作缓慢，仿佛每个房间都在冬眠，那些垂吊在半空的液体，像悬浮的生命，一滴一滴地呼吸。

在神经科，我每天的事情除了陪父亲打针之外，就是看电视、看书、睡觉、泡脚、和病友或者病友家属聊天，交流养生宝典，做什么操，吃什么保健品。在这里，很多生活好习惯都能坚持下来。我有一点点爱上神经科。

直到来了一个神经病。神经科都有编号，神一、神二、神六、神七……他是神一。他六十岁左右，坚称自己得了癌症，肺癌。晚期。看到医生就苦求给他割肺，看到人就说他有肺癌，你不管和他说什么，他都能扯到他的肺癌上。家里人不给他治，他就上吊了，他是来这里抢救的，都救过来了，就不出院。

他说我父亲，你这个病，好治，把头顶割下来，放冰箱里冻两天，再安上去，保准好。

他的眼神仿佛垂着涎液。他的话，我一句都不敢接。

我为这个人感到痛苦，难过。他的身体好好的，可是却病了，神经病很难治。

神一出院后，病房就进入和谐时代。三个病号，一个经商，两个务农，他们分别表现了商人和农民所应当具备的美德。经商的病号诚信、善谈，务农的病号朴实、节俭，我们之间建立了一种信任关系，彼此分享农产品、病号饭等。经商的病号出院后，傍晚补入一个男孩。每次有病号出院，我们就对新病号充满期待。这个男孩十七岁，我不喜欢。他表现了有一种人群的所有特点：留长发、说脏话、吃垃圾食品、看垃圾剧。自从他来病房，电视遥控器就长在他手上了，而且开很大的声音，如入无人之境。以前可是我拿的遥控器。

我很生气。他一看电视，我就装睡。他妈就说他："小点声，人家睡觉。"但他根本不听他妈的。

神经科的资深病号们在吊瓶打完之后的下午，会去走廊西头晒太阳。家属们则在神经科的走廊里散步，或者倚在护士站的柜台上和护士们攀谈，有时会令人产生那是吧台的错觉。

神经科的生活节奏很慢，慢到停滞，慢到让我觉得这里是一座寺，灯红酒绿、风花雪月和这里没有任何关联，没有季节轮回，没有日夜交替，没有性别，即使曾经有过，也都如电如露如梦幻泡影。这里不是天堂，不是地狱，这里是一座寺，有病的人在这里受难，守护的人在这里修行，治病的人在这里普度众生。

宙斯与赫拉

父亲失能了。

失能的定义是，吃饭、穿衣、上下床、上厕所、室内走动、洗澡都做不了，而且不能说话。

父亲，他一切的意愿都不能表达，每天都想对我们说话，看起来，这些话都很重要，但所有的话，父亲全部凝练成一个音节："哦。"我们面面相觑，与他相伴四十多年的母亲也不能领会。我们猜，猜，猜，有时猜对了，有时就是千古谜团。父亲苦恼，我们也苦恼。

那天，父亲又"哦哦哦"，听不懂。我们拿来纸和笔，他左手能动，父亲念过书，会写字。只要他写一个字、两个字，我们就能知道他的意图。纸和笔拿来了，父亲左手拿着笔，试图放在右手里，笔滑落了，只能用左手。就用左手写吧爹，慢慢写，左手也能写。我们期待地看着，他写了一个撇，又写了一个撇，又写一个，等到写五个撇的时候，我想哭，眼泪已经满眶，忽然母亲放声大笑，父亲也大笑，我却哭了……

父亲失能后，母亲不能照料，我便将父

母都搬在我家居住，每天以电视为伴。过去七十年，父亲一年到头，春种夏耕，劳作不歇，从没有像现在这样在沙发上一坐就是一上午、一下午。《闯关东》《大染坊》《打狗棍》《东山学堂》《小二黑结婚》《地雷战》《花为媒》等，他从来没有像今年这样，把一部几十集的电视剧从头看到尾。不到一年的时间，几十部电视剧装在我爹脑子里了。父亲在一年中看的电视剧比过去七十年中他看的所有电视剧都多，审查电视剧的人也没有我爹看得多。我觉得父亲很快就能成为一个国产电视剧的导演，因为父亲虽然失能，但思维明白，一点不糊涂。父亲看什么母亲就看什么，于是二老每天一字排开在沙发上坐得端端正正看电视。父亲和母亲在沙发上从来不躺着，歪着，倚着，总是坐得端端正正。每看到他们并排的身影，觉得他们真像宙斯与赫拉，两尊希腊神像。

我曾经以为母亲就认识十个阿拉伯数字，汉字也就大小多少人口手之类一年级识字量。但我错了，母亲居然识生僻字。

一天一部电视剧刚开演，出来题目了，母亲一看，说《戈壁母亲》。我惊呆了说妈呀你识字真不少，还认识戈壁母亲。母亲谦虚地说："连猜带蒙。我比你小舅妈强。你小舅妈一个字也不识。"我说，我小舅妈比你小很多，怎么没念书？母亲说，她家穷得鸡子摇铃，还念书。

还有一次，母亲更让我刮目相看。一天下班时，母亲说，我今天看书了。我说，怎么想起看书了？母亲说："生你爹的气，我不理他了，去你们的房间待着。你床上那本书挺好看的。"
我床上一本《全唐诗》，一本《非常道》，她看的哪本？母亲
便把《非常道》拿给我，说，这本书挺好看，"人论"好看。

我简直不相信我的耳朵，一个识字量为个位数的村妇，看《非
常道》？还说好看居然？我说："这本书很多是半文言文的，
'人论'这部分的章太炎你知道是什么人？胡适你都听说过吗？
他们说的话你懂吗？"母亲说："不知道，但是挺好看的。老
辈子的人说的话挺好。"不会吧，这里有傅斯年、熊十力、冯
友兰等人的言论，母亲能看懂？但我想，母亲连"戈壁"俩字
都认识，《非常道》，是能看懂的。

后来发生的事情，使我坚信母亲能看懂了。父母自来我家
后，客厅的电视一天十二小时播放，而且音量很大。每天下班
一开门，声浪就扑面而来。一天晚上下班一开门，家里却破例
静悄悄的。电视没开，父母也不在客厅，在卧室，爹躺着，妈
坐着。我说，我爹怎么不看电视，一点动静没有。母亲说，让
我骂的。

原来下午父亲又号哭。父亲病后，经常号哭，十分绝望的
那种声音。开始我们都跟着哭，后来我们不哭了，劝他，再后
来我们不哭，也不劝，围观他。直到母亲终于骂他了。

母亲说，骂完之后，她就念书给父亲听，父亲就安静了。
我问母亲，你能念书吗，念的哪本？母亲说，就是你从书柜里
抽出来的那本。我一听，心中一惊。那是周国平《安静的位置》，
专门论人生，未经省察的人生没有价值，徘徊在人生的空地上
等等，其中有两章是论死亡的。母亲果然就念的《死亡》那一篇。

为父亲读书的母亲，让我想起基督教中，为病人做圣事的神父。我相信父亲那时，在母亲的读书声里，是能领受到一种上帝般的安慰和拯救的。

蓼莪

开始供暖了，我说我妈："我们通暖了，你来吧。"我妈说，管你通什么，不去。

我妹妹说，妈，我们通暖了，你来住吧。我妈说，你去通吧，不去。

父亲去世后，我妈独居在村中，勉强自理，我们要搬她来住，她死活不来，但再冷下去，她就难自理，现在就开始呼吸困难，咳嗽也沉了。于是进入十一月以来，每次打电话我都要提起搬她来这件事，这让她很抓狂。

她不想走。不愿来我们家。她说她来了我们要多做一个人的饭，用电用水都要花钱。我决定向邻居侧面了解一下我妈的想法。有时跟子女，父母也不会说真话，我妈的心思我吃不准。

先去邻居家，邻居说，对啊，那天我问你妈什么时候去你那过冬，你妈都哭了，说是想你爹，可不是想的，你爹活着的时候不让你妈遭一点罪，一冬把个炕烧得暖和堂堂的，你妈在炕头上坐着就行了，这会儿人没有了，怎么会不想。你妈说她去你们家，你们都上班，就她自己在家，连个说话的人都没有；看电视你们不看，她不看了你们又看，她不自在；又不会开门，又不会关门，出门也没有地方去；在你们那儿吃饭，你们吃得快，她吃得慢，你们吃完就洗碗，她自己在那吃……

其实我何尝不愿意她在村里。周日回村，远远见我妈立在门口，和三四个妇女说话，门口一片冬日暖阳，金晃晃的，那一刻，我觉得我妈在村里生活得多好啊，阳光照着她，人们陪伴她，只有在村里，我妈才能这么自在，有人倾听，能够倾诉。这个村庄，我妈出生在这里，出嫁在这里，在这里生活了七十年，没有离开这村庄一步，仿佛一棵老树，树是不能挪的。

自父亲去世后，我妈就被村里一种很有爱的氛围呵护着。街坊邻居们送菜送粮食，甚至还有送饭的，他们来聊天，门口立一立，炕沿儿坐一坐，让我妈不孤单，让我觉得这个家，还是人丁兴旺，日子过得还是红火，惜老怜贫是一座村庄的良心，更是一座村庄的相濡以沫。我觉得这就是为什么人们眷恋村庄，为什么一说到村庄，心中就涌满亲情。为什么一躺到热炕头上，就像在母亲胸口上，那强烈的归来感、慰藉感，这种感觉是城市不能给予的。人情冷暖，老年人最为敏感，有些需求，不是用钱能买到，也不是用钱能衡量的，人生艰难处，一句寒暄，一声问候，一个微笑，一个轻柔的语气就是雪中送炭。

是的，这个世界上，我有两个家，一是我的出生地，有父母的这个家，一是我自己的家。在这两个家里，我都自在，都有主宰感。但我妈，只有一个家，她的家是她的家，我们的家不是她的家。我们的家有热水、有一日三餐，什么都有，但不是她的世界。她在她的村里自有她的话语体系，她的音容笑貌。

在俺村，不少丧偶的老人都过上一种候鸟的生活，天暖回村，天冷了就到儿女家过冬。这种漂泊的生活让我妈恐惧。

周日回村，中午吃完饭，我再次说我妈，我家和我妹妹家都通暖了，你想去哪儿？我妈说，我哪儿也不想去，我就想你爹。

我正洗碗，眼泪一双双落到盆里。

蓼蓼者莪，菲莪伊蒿。哀哀父母，生我劬劳。

在风里

待我长发及腰，少年娶我可好。

梳头的时候，常常想起这句诗。

小时候，我妈总会给我梳俩小辫，扎上粉色的绸布。但我不爱梳头，梳头的东西，塑料梳、皮筋，一样也不好。塑料梳多半是大红或粉红，多半被开水烫变形，像树杈一样了。皮筋呢，四棱的橡皮，非常的揪人。梳头时，我的头老是动，向右梳，头就向右，向左梳，头就向左，我妈就用梳齿砍我的头。

一砍，我就哭。

农村孩子，麋鹿心性，草野惯了，梳得好好的头，一会儿就首如飞蓬，毛芋头一样的了。所以我总想，梳精致的头，穿严谨的女装，实在是一种修行。梳了头，就得塑在那里，不能得瑟，举手投足都得有样范，有约束，坐有坐相，站有站相，属于仪态训练的一部分。

历史上有一个梳头最美的女的姓李，她是一个皇帝的妹妹。一个叫桓温的人在蜀国打了胜仗后，抢夺成汉皇帝李势的妹妹为妾，他的妻子即晋明帝之女南康长公主，十分凶悍，得知此事后，操刀率队来找李氏，想杀她。

其时，李氏正在窗前梳头，姿貌端丽，长发委地，李氏徐徐结发，见公主，敛手向公主说："国破家亡，无心以至。若能见杀，实犹生之年。"李氏神色闲正，辞甚凄婉，把公主镇住了，公主掷刀前抱之，曰："我见犹怜，何况那个老东西！"遂善之。

梳头和绣花一样，是女工之一种，同样一根银针，有人捏在指间如黄鸟度青枝，有人就像操锨使镢，同样一根独辫，有人梳的如春风拂柳，有人梳的就像九节钢鞭。小时候大人们说，吃鸡头会梳头，大约是因为鸡没有梳没有手，只用嘴就能把个小头收拾得水光溜滑的。我不爱吃鸡头，梳头技艺也一般。只梳过马尾巴，辫子。至于堕马髻、双螺髻之类只在古诗里看到，没见过真的。

后来为了省事，剪成二毛子头，也就是彪子头，直到自己会梳头。自从自己会梳头，就没有留过短发。我一直认为长发比短发好打理，夏天盘起，非常清爽，冬天，长发是一件贴身保暖衣，披散下来，脖子暖暖的。而且很有装饰性，是一件随身的霞帔。

我的头发也曾浓密漆黑，一个毛孔通常会长出多根头发，梳头的时候，简直要两只手才能握住，用一根头绳打结，一松手，就开了。那时看春天河边的青草，风吹如梳，细长的草叶闪闪发亮，觉得头发真像天涯芳草。

现在头发少多了。梳头的时候，细不盈握。每次梳头，都掉头发，每个早晨，看着镜中的自己，头发营造出残花败柳的凋零。

头发大约是人体里面，最适宜托物言情的部分了。云鬓雾鬟，白头到老，朝如青丝暮如雪，那些美丽的诗句，一度让我认为，黑发是世界上最美的头发。晓镜但愁云鬓改。多情应笑我，早生华发。古人用头发赞叹生命之美，也用头发哀叹时光流逝。

不知为什么，白发多半先从两鬓开始，据说是因为遇到挠头的人的时候，总是挠两鬓，就这样愁白了。

乡音未改鬓毛衰，诗人归乡的时候，应该年过半百。满头霜花，则是花甲。鹤发童颜，怎么也是九十以上了。

现在，我妈的头发是全白了，连后颈部位的也白了。我已经多年没有给我妈染头了。我妈第一次染头是四十八岁。在那些风和日丽的天气，我一手拿着颜料碗，一手捏着牙刷，蘸着黑色，一笔一笔地刷，像画一幅国画，我妈坐在小竹凳上，多么端庄。第一次给我妈染头，掌握不好力度和颜料的量，以致染完后，我妈的头顶留下一大滩黑色，头顶那里，衰发可数，大片头皮裸露，颜料流上去，就是一滩黑色。耳轮也被染黑色了，染完后，整个我妈就像李逵。

给我妈染头这件事，我很乐意做，因为那时，我们轻声交谈，说着关于头发的事情，或者不说话，只有唰唰的上染料的声音，我一般从头顶开始染，然后是两鬓，把两鬓的头发小心地绕到耳后，上完染料后，我妈的头发，丝缕井然，光可鉴人。那时我们还都不能接受白发。时间还很慢。有些事离我们还很远。

去敬老院当志愿者，给一个八旬老太梳头，梳子刚触到头发，头发就如惊弓之鸟，簌簌纷落。这一景象令我大受惊吓。我妈多年不染头了。现在，她任白发满头。她在风里慢慢走，不用梳头，白发就如秋叶一般飘下。

夏天

　　谁说这里有瓷器展，我就来了。结果全是石头，大者如屏，小者如豆，还有所谓菩提子，一种植物的果实，打磨光滑后佩戴。佩戴首饰的人越来越多了，金属、木头、石头、骨头、果实戴在耳朵、手腕、颈项等身体的某些部位，用以装饰、辟邪、祈福、炫富，目的不一。

　　从前的夏天，县城总有瓷器展。从门神般的大花瓶到可以把玩的笔筒，青花、粉彩、景泰蓝都有，品相多为下品，偶有可圈可点者，需得细细去淘。县城荒凉，买客不如看客多，看客不如卖家多，又常下雨，那些罐子、瓶子、杯子们里面都存着水。

　　大约卖家在此地鲜有斩获，瓷器展不见了，石头展浩浩荡荡开进来，也只手串摊有人光顾。夏天里，基本没有不戴手串的胳膊了。市场尽头有两组凉凳，其中一组三个男人坐着聊天，我在另一组背对他们坐下，听他们谈女人、说赚钱，吹牛逼。都是醉话。人间就是这样好，既有温饱，又有宝石和玛瑙，可以爱，可以醉，可以等待，可以寻找。

　　这条街两边店铺多有书画，信步来到一

家店中，门口一盆修竹，墙上挂着山水、花鸟、书法，楷、隶、魏碑，店里的色彩是水墨的黑，宣纸的白，满目缟素，一名中年妇人在裱画，仿绫纸、素绢，裁成一条一条一方一方，我擦着裱画案子走进去，忽见一具老人横陈床上，定睛一看，老人活的，半张了嘴，胸部蒙一截薄被，两手顺在体侧，鸡骨支床，衰发可数，一动不动，仿佛没有呼吸，没有心跳，床头有尿盆、卫生纸、毛巾之类，老人蜡黄的脸、皮肤与周围的宣纸、水墨混杂一色，不注意的人看不见这里躺个人。

　　半张的嘴，松散的手骨的老人使我大受惊吓，心中訇然，眼圈发胀，父亲弥留的样子在眼前叠现，我慢慢退出店门口，一阵风来，竹叶动一动，这是台风大清洗之后，夏日的天空，通透如镜照映世间，我想要忍住眼泪，却不能忍住悲伤，在不知不觉中泪已成行。

日暮乡关

早晨给母亲打电话，母亲说："小春她妈死了。"

来自乡下的消息都是死讯。

俺村的人仿佛约好了，集体性地死去，多数接近中国人平均寿命线：七十二岁。

小春她妈七十岁，上次回村还看到小春她妈坐在门口，和六喜大妈说话，太突然了。小春家门口有两大棵月季花，暮春的中午开得密密层层，粉白、血红，小春她妈坐在门口，像坐在花瓣上。

小春她妈，很胖，说话声音很大，小时候我听她讲故事，月亮在白莲花般的云朵里穿行，晚风吹来一阵阵快乐的歌声，我们坐在高高的谷堆旁边，听小春她妈，讲故事。牛郎。仙女。王母娘娘。那时俺村，没有一个死人，没有一个病人，甚至没有一个老人。全是孩子，年轻姑娘、小伙，都很有力气。现在，俺村好像切尔诺贝利，断垣残壁，垃圾成灾，中庭生旅谷，井上生旅葵。老鼠出奇地大，一团团灰影，狗叫起来全部像泼妇。没有经期妇女，那些白发苍苍的，牙堕齿缺的，身体一半一半不能动的，都像被核辐射过的畸残。那些低矮破败的老房子里，大抵卧着两个或者一个风烛残年的老人，他们有的相濡以沫，有的沉疴难起，羸弱，孤独，无助，集体性地接近中国人平均寿命：七十二岁。

稼禾如旧，炊烟依稀，曾经生生不息的俺村像草本植物，在季节的尽头老去枯萎。也有花开，一丛丛的月季，全是月季，只有月季，月季是俺村的村花，粉白，血红，是这座废墟之上唯一的田园风情。

中国有七十万个农村，像俺村这样的村有多少呢？新农村建设、集中居住、农民上楼能使七十万个农村起死回生吗？乡村的问题不在修路、绿化，乡村往何处去，也许不是我该思考的问题，农民们似乎也没有深思。在俺村，不少人盼着拆迁，好分楼。邻村今年春天终于开拆，你不知道那拆迁场面是多么迅速、多么积极啊。村民还不确知具体的补偿标准以及具体的搬进新居的时间，只村干部在大喇叭里告知拆迁开始时，家家户户就动手了！一夜之间，全世界捡破烂的都得到了消息，全世界的脚蹬三轮车都扑进村庄，家家户户门口都停着三轮车。村民们和捡破烂的展开了一场狂欢式的抢夺赛，卸门窗、拔钢筋、搬木头，仿佛八国联军进了圆明园，人人都眼疾手快地狂捡。捡破烂的最有经验，最知道什么值钱。一户村民在家吃晚饭，吃着吃着突然一片漆黑，没电了！出门一看，捡破烂的把他们家的电线铰去了。还有一户村民在家看电视，突然没信号了，一看，有线电视台的工人正在卷电缆线，这户人家说，我们不搬哪，我们还要看电视啊。工人说，再不收，就让捡破烂的收去了，这个电缆可贵了！

　　我是在村民撤离、全村成为一片废墟后，进村的。我去看看能不能捡到陶器、石器之类的物什。偌大的村庄，多数房屋都还整齐、漂亮，贴着瓷砖、马赛克，村庄的格局还在，却像轰炸过后，满地玻璃、砖瓦，一堆堆的旧衣服、破碗、纸缸、笸箩，那些曾经是生活必需品的一切，全部成了垃圾。没有什么能长久地存在，人、村庄、树木、建筑的寿命越来越短，新的东西越来越丑陋，越来越没有感情，这是时代，你阻挡不了。这个村庄坐落于此，不知多少年，不知多少辈的人们在这里生活，院子里的水井、门口的香椿树也许是见证者，但一周后再经过，已夷为平地，仿佛从未有过村庄，有过繁衍，有过居住，有过什么水井和香椿树。

　　房屋被拆的人们，生活方式将大变——从平房搬到楼上。就是那种人踩人、人摞人、一排窗、鸡笼子似的居民楼。这种丑陋、冰冷、封闭的建筑，是人类最佳居住建筑吗？中国七十万个农村，数以亿计的农民，都要住进这种楼中？只有上楼一条路吗？上楼后的生活，是往哪个方向去呢？那血浓于水的故土亲情何处接续？那"开轩面场圃，把酒话桑麻"的乡土中国，那"茅檐长扫净无苔，花木成畦手自栽"的乡土中国最后是要被埋葬在这种楼的下面吗。

　　六月的一天，我坐在俺村的房顶上，看暮色四合，炊烟次第升起，俺村的人三三两两地从田里回来了，我想不通，我不明白。我只能茫然地看着俺村东边的那座死火山，谁说青山不老，山顶上刚刚安装的通信发射塔，把山变矮了，像一座坟。大坟。我曾无端地以为，村落是圆形的，一团团分布于祖国的山山水水，紧紧依附土地，与沃野平畴间的阡陌纵横呼应，散发古诗一般的田园之美。有一天我在这座死火山的山顶远眺时惊讶地发现，村落是方形的，在大地之上分布成棋局，天似穹庐，笼盖四野。

（一）

村庄志 / 日暮乡关

石马街

石马街没有马

石马街没有马。

石马街的马是一块石头。

我曾以为石马街有一匹类似霍去病墓石雕群中的马，线条洗练，气质深沉，在岁月更迭中固守着封建时代。但石马街的老人告诉我，石马街的马不是雕凿出来的，是地里长出来的，突出地表的部分长约一庹，一头跃出，势如奔马，因此得名石马街。

石马街的孩子都骑过这匹马。

我来石马街时，石马街是老旧的，街面以碎石铺就，被岁月打磨得油光锃亮。一排排草房子好像蹲坐的翁叟，头顶斗笠，一蓑烟雨。多数院落无人居住，长年累月地门窗紧闭，有人当街小便，不忘找一个墙角，不忘束裤而去。后来，草房墙壁画了"拆"字，好像是那人用小便写的。

那时我在石马街附近一座楼上日日俯瞰，目睹了石马街的变迁。先是挖掘机开进来，大铁家伙"嗷嗷"叫着，扬开巨手，草房立刻皮开肉绽，石马街顿成废墟。捡垃圾的都来了，蝼蚁般在废墟中钻来钻去。废墟被静置的一段时间里，仿佛《聊斋》里的某场布景，深夜会有聂小倩燕赤霞之类出现。

　　然后还是挖掘机，又加上破碎锤、运输机，石马街很快夷为平地，很快挖出大坑，很快又来了起重机、搅拌机。起重机挥动长臂，控制了石马街的上空。我曾目击它的加高——它矗立着，千斤顶将塔身的钢架撑开，仿佛将两节脊椎扯开，一截塔身锲入、拧紧，它一共加高了三次。人们穿着迷彩服、灰西服，拿着瓦刀、锤头，在木板上、钢管上、砖头上行走。他们把钢管朝钢管上摔，把石头朝石头上摔，搅拌的声音、撞击的声音、敲打的声音使石马街仿佛重灾区。

　　他们时有争执，争执的时候，机器都停了，只有人的声音，两个青年男子在半空殴斗，一人手里一块砖，在钢筋、铁器、水泥柱间追逐、对峙。

　　最具有戏剧意味的是两个中年男人的吵架，他们的声音越来越大，没有粗口，只有争执和质问。他们相距不到十米，两人的手指此起彼伏地指向对方，粗闷的声音短兵相接，一个戴着红头盔，一个戴着蓝头盔，蓝头盔的男子穿着蓝西服，红头盔的男子手里提着一只铁桶，他把桶一会儿提起，一会儿放下。提起桶是他不想吵了，欲转身去干活，放下桶是他又火了，转过身前进一步。

　　就这样，他一提起桶，我的心就放下来，他一放下桶，我的心就提起来。

　　最后他们并没有火并，反背着手，慢慢地踱开了。

　　一年之后，石马街的草房被楼房取代，街面的碎石被水泥取代，我定居石马街。石马街的格局没有变，名字没有变，但石马街的马不知所踪。

　　我没有见过石马街的马。

　　石马街很多人不知道，为什么叫石马街。

《陶庵梦忆》中有一篇《虎丘中秋夜》写作者中秋赏月，"三鼓之时，人皆寂阒。一夫登场，高坐石上，不箫不拍，声出如丝，裂石穿云。听者不敢击节，唯有点头。"每读此段，我便忖度，那应该就是明朝的好声音，中国的维塔斯了。

现在是全民唱歌，才艺仿佛只有唱歌一种。的确，人人都会唱歌，我所在的县城KTV就多达百家，且常爆满，可是真的好声音寥若晨星。我从来就没觉得那些爆得大名的歌手，唱歌有多么好听。那个高坐石上的某夫，没有会旋转、能起雾、有追光的舞台，没有话筒和耳麦，才是实力派，是有丹田之气的人，真正的歌者。

还有一些中国好声音不在舞台，不在古代，在街头、在胡同里。比如骑着三轮车穿行于大街小巷，终年唱着《酒干倘卖无》的那些些。石马街就有一个女高音，"收——酒瓶纸壳易拉罐儿——！"才旦卓玛一样，那声音没有一丝杂质，绝对不用扩音器，每一声都高亢、自信，让你觉得把酒瓶纸壳易拉罐卖给她，是极其正确的选择。听了她的声音，我第一个判断就是：她非常健康。

在石马街，我听过的最诱人的声音是卖包子大哥喊出来的。他推一辆自行车，后座上绑个大白塑料泡沫箱子，中午时分，他在街头最热闹的地方停住，打开箱子，仿佛养精蓄锐之后的登台亮相："包子唻！肉丸儿包子唻！翻滚烂热的肉丸儿包子唻！"这种递进式的句子加上他浑厚的男中音、烟火味很重的吐字，立刻让人想到烫、油花、肉丁，想到他该去唱杨子荣，一掀大氅前襟："穿林海，跨雪原，直冲霄汉——俺——俺——俺——"

他不吆喝还好，一吆喝我就饥肠辘辘。

石马街的中国好声音，还有一男高音。此人四十多岁，体魄宽厚，面如重枣。每到早春二月，他就出现。一声"卖——小白虾儿唻！"那真是余音绕梁，三日不绝。行腔之优美、吐字之清晰，简直就是专业水准。

他骑着一辆摩托车，尾座上绑着一个大铁皮箱子，一箱子小虾，洁净、新鲜，活蹦着。他只在春天出现，只卖小白虾。这种月白色的小虾下锅一炒，便成桃红。

他每天只重复这一句，虽然没有任何修辞，但声音那么欢快，旋律那么悠扬，那不是叫卖，简直是讴歌。讴歌他的小白虾，是世界上最好的小白虾。他的声音半径直抵听众的味觉，一声喊完，人都循声而去，正午的厨房里，家家就都飘出虾的鲜香。

他卖小白虾至少五年。五年来的每个初春，都能听到他的歌喉，那歌喉带着温带海洋性气候的湿润和温暖，带着东南季风，带着潮汐。在灰寂的、残冬盘桓的石马街，唱响春曲第一支。

夫妻店

县城有县城的时间。

晚上八点，县城就没什么人了，步行街灯火阑珊，地面一片狼藉，到处都是垃圾。经过一个服装店，我试围一条丝巾。这个店是个夫妻店，男人管男装，女人管女装，店里乱七八糟，从时装、内衣到洗漱用品都有，东西一堆一堆的，地面还摞着没来得及拆开的一个个的货包。在单人宿舍那么大的一个店里，她每天忙碌，招呼顾客，收拾货物。这个店的每一件衣服都不超过二百元，靠走量。每天晚上八点，周围所有的店铺都拉上了防盗门，唯有她的店门开着，灯火通明中，她在往墙上一件一件地挂衣服。

县城中，这样的夫妻店，很多吧。夏天的一个中午，我去一家裁缝店。这家裁缝店缝衣服又快又好，价格又不贵，也是个走量店。酷暑的正午，这条街静静的，人们都在午睡。走到店门口，我停住了脚步。只见大案子上躺着一个女人，四仰八叉在睡觉。那是裁剪用的大案子，剪刀、软尺就那么放在身边，缝纫机上趴着男人，脚踩在踏板上，真是枕戈待旦。店门大开，那些印花的、织锦的、薄纱的布匹一卷一卷地，柔顺地垂着，静静地垂着，好像也睡了。我一时在门口呆住，不知进退。

这时女人醒了，在案板上坐起来，说，太瞌睡了，头一挨枕就睡着了。这让我很内疚——如果我不来，他们可以多睡会儿。

我爱吃烧烤，烧烤店里，我最爱这间。桌子稀破的，地面老脏的，墙壁、茶壶、酒起子上都是油污。我去吃烧烤。暑期雇的短工都开学了，店里就他们夫妇在忙活。夜幕降临，正是烧烤的黄金时段，不停地上客，店主夫妇脚不沾地，女的两条腿就跟车辐条一样转，招呼客人、记录菜单、收钱、取食材、收拾桌子、扫垃圾，平时三个人的活她一个人干。男的烧烤、做菜、送菜。这家店有上下两层，门口还撑开几把遮阳大伞设有露天座位，马路对面还有个分店，也是露天座，一晚上一共有多少桌、多少人，我没有问，不管多少桌、多少人，都只夫妇二人照应，那真是忙得跟千手观音似的。路对面客人要菜了，只见男的脖子挂着白色大围裙，端着一铁盘子烤好的肉串疾步走出店门口，"嗖"地蹿上马路，在枪林弹雨似的车阵中闪转腾挪，稳稳地把肉串送到对面，其速度之快，场面之惊险，见者无不骇然。

"广州的铜匠、福州的锡匠、宁波的木雕师傅、上海的磨坊伙计，以及北方各省那些梳棉、筛面的工人们，全都是夙兴夜寐。"这是美国传教士明恩溥在《中国人的气质》关于"勤劳"一节中的内容。他记录的是十九世纪下半叶的中国，慈禧时代的中国人。在他看到无数吃苦耐劳的中国人时，对所罗门产生了深深的疑问："所罗门说过一句经济学格言，即勤劳的手可以致富。如果他的话是正确的，那么，中华民族就理应成为世界上最兴旺的民族之一。"

的确兴旺。那服装店、裁缝店、烧烤店的夫妻年龄相仿，都在三十五到四十岁之间。十九世纪下半叶，慈禧时代、封建社会的中国人是那样的生活，二十一世纪的中国人依旧在那样生活。他们的店铺很兴旺，收入想必也不错。但没有假日、没有休息日，这收入是他们几乎付出所有心血和精力、人生的全部得到的。

在那个烧烤店，听着店主夫妇穿堂风似的脚步声一趟趟地经过身边，我难以下咽。

这是一个妇女成灾的年代

整个县城都在跳舞，广场、公园全被跳舞的方阵占领，乌央乌央的人，摆龙门阵似的，主要是妇女。

仿佛一夜之间，广场舞风靡全国，大江南北，长城内外，连县跨省，一跳就是几百人，上千人，为什么会这样？妇女们如此热衷，我还被好几个妇女游说去跳。

想起来，初见健身舞是在元宵节上，一群身穿白色衣服的人，四人一队，面无表情，双臂向前平伸，双腿机械地走在迎宾大道上。观众说，这是快乐舞步。

看不出快乐何在，但是火了，朝鲜大型团体操阿里郎也不能与之相比。每到暮色四合，华灯初上之时，广大妇女们一天中最盼望的时刻就到来了。她们从四面八方像磁铁一样汇聚而来，有天晚上我在阳台上居高临下检阅小区广场舞队，看那领舞的妇女，多神气！——那领舞的妇女，都要戴长长的白手套，目不斜视，胸脯高挺，确实神气！

还有一天我在广场乘凉，恰恰坐在一群跳舞的妇女前面，前排妇女相对年轻，穿花裙子的，穿短裤的。我像评委坐在她们前面。

妹妹就是这人群中的一员。她们小区是一百个农村的集中营，在县城，我见到不少这样集中营式的小区，铺天盖地的居民楼，蜂窝似的稠密，数以万计的人们进进出出，那些消亡的农村，就是以这样的方式在城市里复活。

以前妹妹暴走健身，自从广场健身操普及以后，妹妹就开始练操，一不小心练成了领舞。自从她成了领舞，被教练揪到前排之后，就引起了小区某些妇女的羡慕嫉妒恨，因为她们也想去前排。

我的闺蜜阿莲也是这广场舞中的一员。阿莲说，我们小区有三百多人跳，因为争当领舞，都打起来了。网上看新闻，说一个小区妇女为了争当领舞都动了武，一名妇女的胳膊被砍伤了。

这是一个妇女成灾的年代。

"世上有朵美丽的花，那是青春吐芳华……"向晚，一阵歌声令我耳廓一动——徐小凤类型的女中音，低缓，深沉，像历尽沧桑后的追述，我放慢脚步，低头聆听。

这是繁华的石马街，沸腾的傍晚。暮色初起，人们途经于此，拥挤、吵闹——"走过路过不要错过，进来看一看进来挑一挑，全场两块钱，买啥都两块，两块钱你买不了吃亏两块钱你买不了上当……"两旁林立的店铺都有音箱，总有这样的促销声，我原来以为是本县特产，后来才知道是一套软件，全国各地都有。当然最多的是流行歌，唱《荷塘月色》，直到一听《荷塘月色》我就想呕。

而现在，忽然有个店铺唱《绒花》，我觉得很不真实，好像回到二十世纪七十年代，整条街都安静了，人影、声浪都没有了，只有一首《绒花》。温柔、美丽的花。

《绒花》是我喜爱的一首老歌之一，我喜欢的老歌大多旋律舒缓悠扬，甚至平淡，没有夸张的高潮，抒情但不煽情，歌词没有华丽的辞藻，甚至好像没有文采。

石马街的《绒花》，不是李谷一那种明

丽的声音，熹日春风下绽放，云蒸霞蔚的绒花。不是黑鸭子轻
灵的声音，如蓓蕾轻吐芳华，含露绽放的绒花。石马街的绒花
是雨中凋零的绒花，孤寂的绒花落落的开，落落的红颜，一点
点慰藉，一点点忧伤。

　　总喜欢表白，说自己有一颗年轻的心，十八岁的心。但当
我对这首歌念念不忘的时候，终于明白我一直身心同步，魂随
梦飞，从来都没有分裂，尽管时光不停留，青春来又走，我将
在二十一世纪更久，但我是二十世纪的人。生于二十世纪下半
叶的我，在二十世纪生长、发育、成熟，在二十世纪工作、成婚、
生育，我生命序列中最重要的事情在二十世纪已经结束，在生
长素与荷尔蒙的催逼下，急管繁弦一般地结束了。

　　过去和未来都未必一定美好，不管留恋与否，我都属于
二十世纪；不管明天是否像期望的那样，我都将在二十一世纪
更久，我在二十一世纪的事情就是，继续二十世纪的生活方式，
看纸质书、写字、做文学遗民，办纸质报纸。和三两老友一起，
谈谈旧事，听听老歌。

不止一次梦回旧居。

每次梦到，总是林深草密，断壁残垣。

午夜梦回，不胜感叹。

那是一所乡下中学的教职工宿舍，三间有围墙的瓦房，我婚后的第一个家。

家漏雨，一下雨，便要找出很多盆接，大弦嘈嘈，小弦切切。厕所是露天的，跟在野外没有什么不同，下雪会冻冰，下雨要打伞。自来水龙头只有一个，在院子里，冬天要先用开水烫，才能拧动。

泥土的院子中间有短短的一米宽的红砖甬路，春天，有草籽从砖缝里挺身而出，搬开砖头，会看到蟋蟀、蚯蚓、蚂蚁之类，有时甚至会爬出来一只"气鼓子"。"气鼓子"是蟾蜍的一种，丑陋而缓慢，用小棍轻敲其背，它的腹部就会慢慢充气，把自己的体形变得很大，借此吓唬对手。

寒窑虽破，我却珍爱。甬路两旁，我种了花草，一路走去，牵枝拂叶。月季、丁香、修竹、葱兰高高矮矮地长，又移植了一棵野百合，它一直高过窗子，开出成串的巨大的橙红色筒状花，像火把。

学校远离村落，我的家便像一处荒郊野肆，近处树影婆娑，远处山色空蒙，白天蝉声如瀑，晚上蛙鸣似鼓。房子后面是山坡，遍布果树，每到春来，杏、桃、梨，姹紫嫣红，云蒸霞蔚。果园里密集着授粉的农妇，春风过处，一朵朵花被捧在人们的手心里，完成初吻，然后落红成阵。秋天里，开了后窗，树枝便伸进来，枝头结满红苹果。

门前是阔大的操场，放了学的傍晚，空无一人，麻雀们在田径场地上蹦。夕阳下，篮球架子的投影落在沙坑里。

邻居们大抵是教师。有时我们聚餐，西邻的男主人小于能做很细致的手擀面，东邻的女主人老林是个贤妻良母，喜欢把我的小孩抱到她家去玩，我们夫妇吵架，总是她来劝，她热情地关心着我们这几对年轻夫妇的婚姻质量和下一代的茁壮成长。男主人老刘同样古道热肠，一日老王的父亲病故，他去帮忙发丧。晚上回家晚了，那时正是秋天，操场上堆着很多草垛，月黑风高，喝了酒的老刘骑着摩托车一头撞在草垛上，他使劲加大油门也飞不过去。

我在那里住了三年。三年里，我曾在那附近挖过野菜、捉过青蛙、拣过苹果，门前的紫丁香已经开花，香椿树也发芽了，我离开了学校，离开了那个家。

这么多年，我没有再回去看看。只听说小于夫妇也搬走，买了两层楼的别墅。

老林夫妇还在。

一场雨途经石马街

数峰清苦，商略黄昏雨。

惊风乱飐芙蓉水，密雨斜侵薜荔墙。

风也萧萧，雨也萧萧，瘦尽灯花又一宵。

每当下雨的傍晚，我就会在心里吟诵关于雨的诗句。

我喜欢傍晚的时候下雨，尤其是夏天的傍晚。因为傍晚下雨，家里就会很清凉。住在楼顶，阳光极易穿透，酷暑天，一开门热浪扑面，人立刻汗如雨下。最可怕的是厨房，太阳在夏至日越过北回归线，傍晚下班时，厨房里全是阳光，如火如荼。打开液化气灶，煎炸烹炒的时候，能闻到我被烤焦的味道。

没有空调，开窗也热，关窗也热，风扇转出来的风仍是热的，只有大面积裸露，他们父子是光着上身，我是三点式，不过婚姻的确能把人变得四大皆空，就算这样色情，也都能坐怀不乱。

现在，一场雨途径石马街。春雨如恩诏，夏雨如赦书。下雨的时候，我拉开窗户，好像拉开了夜幕，趴在窗上俯瞰，看那些汽车，雨刷像节拍器一样摆动，雨滴在柏油路上反弹如跳动的音符。积水的路面，无数的同心圆像笑容，先是酒窝大、杯口大、碗口大、盘子大，唱片一样旋转着、扩散着，还有一些路面在不停地冒泡，不停地破碎，到处都是雨，看到有人在雨中转动手中的伞柄，转成一道彩虹，一根棒棒糖，雨就飞起来了。

下雨的时候，石马街真是宁静，只有雨的交响乐。法桐树、道板砖都被冲洗得洁净鲜艳。石马街两旁店铺洞开，店主都坐在店中央，坐在许多鞋子、衣服之间，像所罗门一样坐在他的财富王国之中。

楼下人家的花草在雨里匐匐着，有人家的衣服忘了收，在雨里湿着，还有人忙忙地将各种盆摆出来接雨。这时对门主妇"哗——"地拉开窗，探出小小的头，我们俩就扭头互相看着、微笑，同时说："下雨了，真好！"

　　王金康是石马街的名人。王金康是个十岁男孩，上小学四年级。每个双休日的中午，都有一个男孩在楼下叫他："王金康！出来玩！"每次都正好是午睡时间，声音之大，整个石马街都能听到。最崩溃的是每天早晨六点，王金康他妈叫他："王金康！起来上学啦！""王金康，还没起来，晚啦！""王金康，你不上学啦！"王金康家的卧室和我家的卧室只隔一道墙，他妈的声音活像周扒皮。

　　王金康的名字就这样被叫响了。

　　每次王金康的同学在楼下叫王金康的时候，我就问："为什么不摁门铃？为什么扰人午睡？"我在心里问。每次王金康他妈叫王金康起床，我就问："为什么不轻轻的？为什么不叫他叫宝贝？"我在心里问。

　　总之，每个早晨都在睡梦中被王金康他妈叫醒。

　　每次被王金康他妈叫醒，我就替王金康痛苦。王金康太不幸了，他妈的声音一定是他小学、初中乃至高中，整个成长生涯中最痛苦的记忆了。他妈把好端端的清晨无情地给毁了。

但是，王金康没有醒。

双休日，楼下跑着好多孩子，麻雀似的喳喳欢叫。有时玩滑板车，小手扶着金属杆，脚踩横板，风一样飘来飘去，像几米的漫画。有时玩汉堡包游戏，一边喊口令，一边做出各种奥特曼手势。有时石马街的清晨，那么多小嘛小儿郎，背着书包上学堂，我不知道哪一个是王金康。但是有一次，我和王金康的同学说话了。那时我儿子上高三，为了确保他的午睡不被打扰，我中午在楼下看守，防止王金康的同学来叫王金康。果然来了，我问，你找王金康吗？他点点头，我说，王金康不在家，他让我告诉你他不在家，一点半以后你再来，他就在家了。

我说王金康不在家，男孩半信半疑走了。第二天中午又来了，我让他摁门铃。王金康出来了，一会儿又来了一个女孩。他们在花坛里玩。我对他们说，你们不要大声说话，楼上的人都在午睡。他们不做声。我站在花坛旁边看着他们。他们拿了许多的鞭炮，把鞭炮一个一个地栽进土里，露出引信。他们手执木棍掘的掘，埋的埋，后稷播种一样。

我见他们在土里栽鞭，大惊，轻声说，你们等一点半以后再放好不好。他们说，我们就等一点半以后放。我紧紧盯着鞭炮，一点半以后，儿子上学了，他们早跑没影了，鞭炮还在土里，露着引信。后来的几天里，我一直提心吊胆，不知他们什么时候放。一年过去了，还是没响，王金康他们早忘了吧。

总之王金康是石马街的名人，很多人不认识王金康，但是知道石马街有个孩子叫王金康。他有同学、有玩伴，有快乐的假日，有黑色的早晨，有一个响亮的名字。每个清晨，在他妈的大嗓门里，王金康正睡得香甜。

窗外

楼下一片杂草，葎草和牵牛花的藤蔓缠在泥堆上。一条土路，绕着低矮的民居，房顶生着瓦松、苔藓。下雨的黄昏凭窗俯视，那些老旧的草房好像蹲坐的翁叟，头顶斗笠，一蓑烟雨。多数院落无人居住，长年累月地门窗紧闭，寂寞而坍塌的时光。最西头一户住着一翁一妪，翁或者妪提着裤子从茅房里站出来，颤微微的。茅房是露天的，只有半堵墙。

这是城市的前身，在水泥钢筋的侵略中，唯一的残存。

窗外无遮无拦，抬头便是天。这天是四方的，下面一线远山，深蓝的，起伏如兽脊。

这四方的天空像一个画框。这画框里的风景每一天、每一年虽都是新的，却大同小异。虽似曾相识，却难以复制。

有时来不及凝神，鸟飞过，留下一声弦乐的拨响，似乎是个错觉。

有时天空像一匹蜡染的棉布，白云几乎成真。

有时是高积云，不绝如缕，羽毛使用排

比的修辞手法在天空的蓝色信笺上轻描淡写。

有时是厚重而庞大的雨云，缓缓退行，那山峦的脊背便在云的裙底时隐时现。

有时是泼墨山水，有时是水彩小品，有时是云朵的四方连续纹样。

每次抬头，都能看到新框好的画，心情是惊讶的，这使我对天空常存依恋和敬畏，这高远的湖泊弯曲着，轻轻倒扣着城市、乡村、丘陵和旷野。映照一个人的内心。

雨的水晶帘子，雪的天鹅绒幕布，都会按着季节在窗外挂起来。

许多蜻蜓，金色的翅膀，飞机一样聚集而来。

还有风，这大地的漂泊者。到处搜刮灰尘、塑料袋、沙子，用大手拍击我们的墙壁我们的玻璃我们单弱的身躯。它披着大氅，脾气急躁。它肺活量很大，总是怒吼，仿佛千万匹狼在草原上集结、奔突。它也在很细的缝隙中割开一个小口，仿佛被挤着了，很痛的尖叫。

它撕碎了那些云，撕碎了天空。

我的天空是四方的。

像青蛙在井底那样的四方。

落满花瓣、黄叶、蝴蝶翅膀的井。

寂静是井底的一块石头，石头上绿色的苔藓。一个人的灵魂只有一个窗口，这个窗口使我们的目光能够远走高飞，能够放开时间和空间的束缚，把自己从井中拯救出来。

我喝茶，发呆、把脚放在桌子上打盹，心不在焉地看书，开机时间超过十个小时，这使我终于变成一只蜘蛛，自闭的蜘蛛。肚子越来越大，四肢变得多起来，而且细瘦。

我看云的时候，请不要为我忧虑。人是一条用锁链拴着的狗，我只能从这窗口望出去。一个人通过一扇窗，能看多远呢，能看多深呢，能看多辽阔呢？我只看见春风和秋雨的天空为命运准备了一场大雪，如果有些什么在经年的光照之后，仍然使你寒冷彻骨，那一定不是云，不是大雪，不是这些飘浮的淡水。

不要为我忧虑，我就是要给这世界添麻烦，我就是要抽出生命中的大部分时间做些无聊的事情，我就是要和影子一样拖在光线的后面，或者隐身黑暗，并且发飘。

每天早晨上班，我做的第一件事就是，向窗外泼茶，昨天的残茶。我照例先俯头看一看，这天就看到一个黑的头顶，一个人在我泼茶的地方小便。我想把茶从他头顶浇下去，但直到他束裤而去，我还没有最终下定决心。

"我相信时间会忘记一切……"

"我只能这样……"

"想要放弃她不是一件容易的事……"

……

一日晚上八点，窗外静寂，疲倦的夜色中，听到一个男子的声音。他在楼下徘徊，打电话。年轻的时候总觉得自己是一首歌，一首情诗，总觉得自己应该使用普通话，并且像言情剧中的演员那样独白。酷爱一些时髦的、技巧痕迹严重的句子，热衷于模仿林黛玉式的忧郁，把自己伪装成复杂的、深刻的人。感谢光阴如水，它正为我洗却铅华，使我沉默寡言，不枝不蔓。

男子隐去了，我看到对面的居民楼轮廓模糊，与草房相比，它分配空间，缺乏亲情。它似乎从落成那天起，就一直泡在雨水中，每下一场雨，它就缩水一次、僵硬一次、冰冷一次。世界并没有因此寂静，嘈杂的声音刚刚开始。它成排的窗口深不可测，我每天与这些窗口对视，看着这些黑洞用玻璃吸食时光，折射出幽冷的灰色。

人们在这建筑物周围聚集又分散，离开又返回，在看似千篇一律的窗口后面，用不同的道具、不同的背景，观看千篇一律的肥皂剧，并亲自上演着千篇一律的肥皂剧。尽管他们说，幸福的家庭总是相似的，不幸的家庭各有各的不幸。

编辑部

给我一支烟

就这样，一个秋风扫落叶的日子，我抽了生命中第一支烟。

混得一般抽塔山，混得不济抽玉溪。老吕说。老吕是我的同事，也是一个资深烟民。与他在一个办公室一周后，我的头发就被熏黄了，散发着"红塔山"味儿。

自从嗜烟如命的小潘和老吕与我同事，我烟熏火燎的岁月就开始了。

他们是烟草业的热烈拥趸者，除了吸烟的牌子一样，点火的动作也如出一辙，并且统一用一毛钱一个的啤酒易拉罐做烟灰缸！唯一不同的是，小潘一天二十支，老吕一天四十支，老吕早晨点上烟后，这一天就不再用打火机了，他一天只用一次打火机。

他一直在燃烧。

小潘属于伪吸烟者，烟在口腔里一过就放出来。老吕是真吸，对他来说，"烟是有毒的，不能放走一丝一缕"，他把所有的烟都收进肺泡之后，再放出纯二氧化碳，所以老吕中毒很深，手指、牙齿都是黄的，眼珠子都是黄的，衣服上小洞遍布，烟头烫的。这厮整日口衔烟卷，面有蚩尤之雾，就算我当面叫他："驴！"他也不恼，没有法子。

每天每天，他们上班的第一件事便是点燃一根烟，开机，一手握鼠标，一手夹烟卷儿，吞云吐雾，全然不管我"咣！"一脚将门踢开，"轰！"一声把窗开到无限大，眼里冒出熊熊的怒火，恨不能将二人烧成灰。

他们像两个烟囱，把办公室弄得混浊不堪，烟草味、易拉罐里的烟屁股、办公桌上和键盘里的烟灰，挥不去，擦不去，洗不去。

为了让二人戒烟，开始的时候我颇想了些法子，先是买来糖果、瓜子，二人不为所动；后来又诱以金钱，承诺如一月不吸烟每人补贴三十元，但二人立刻说愿意每人每月给我三十元作为健康补贴——如果说世界上有一种东西可以让一个男人富贵不能淫、威武不能屈、贫贱不能移，那便是香烟了。

多少个风雪肆虐的日子，办公室门窗洞开，他们俩吸烟取暖，我包着军大衣，蜷在椅子里一边打冷战，一边打稿子。

终于有一天，秋风阵阵，落叶成堆，我心情坏，然而老吕又抽烟了。我厉声喝道："干什么！又抽烟！"

他龟缩着，隐到电脑屏幕后面。

"没听见吗？！"

他一声不吭，烟却从他的头发里飘出，一缕未散，一缕又腾起来——五十岁的老汉了，叫我说他什么好呢？我拿起报纸朝他扇风，他说："真凉快！"我摔了报纸，说："给我一支烟。"

他从电脑后面伸出白花花的头，呆了半天，说："真的？"

"少废话，给我一支烟！"

他掷过一支来，我咬在嘴里说："火！给烟不给火？！"

他急忙抓过火机，"啪！"地一声，小火苗跳出来，他将火苗送到我面前，我吸着了，一张口，蓝白色的浓烟就从我嘴里源源不断地升起来，真神奇，跟烟囱一样。

我从未吸烟，但是我一点没咳嗽，可我并不老练，捏烟的姿势很僵硬，这还是小潘教我的，他说女的吸烟要将烟夹在指尖。

我有时夹在手指里，打字的时候，就咬在嘴里。我还磕烟灰，原来烟灰真的一磕就掉。

这时，小潘回来了。他大诧："啊？！你抽烟？还真抽哇！"

我吐出一团雾，对他笑。

他说："啊？！还挺像的！"

"我也抽。"他说着就点着了烟。

一会儿工夫，我们仨就把屋子变成蓝色的了。

点燃一根烟，我的心像吐出的烟圈。

那日的抽烟，使我确信它的确有活血化瘀，解郁散闷的功效，吐出来的感觉美轮美奂，每一股烟雾都能激活大脑中死去很久的愉悦区脑细胞，而吸一支烟，至少吐出十股烟雾。

感谢直立行走解放了我们的双手，可以抽烟。如果一头驴累了，要抽烟，就需三条腿走路，多么危险！它能改变机械、无聊、单调、艰苦的人生况味，就算只是掩盖也好。

现在的情况是，小潘早已辞职，老吕退休多年，单位里的年轻人都不吸烟。

点燃一根烟，我的心像吐出的烟圈，我多么希望，你不曾离去，我多么希望，我们能再相聚。

单位的沧海桑田

两年前搬进四楼一个小屋办公，从门口到窗户七步，从窗户到门口七步。尽管如此，但我很满意，私密安静，而且拥有一座向南的窗，可以晒太阳，可以养花，可以在薄暮时分，看夕阳的光束打在墙上，像松明一样。

一天之中，最喜欢的就是这个时候——都下班了，人都走了，电脑都关了，工作都结束了，天也黑了，而我还不着急走，也不想走，不想动，时间是我的，空间是我的，终于可以，想不干什么就不干什么了。今天已经结束，明天还未到来，这是一天中的第三维度，我身体松弛，血液开始流淌，目光开始温柔，内心开始有感情。

这种感觉怎么形容呢，就是好。我甚至不能理解，为什么在单位这样一个群体环境里，我居然找到最适宜独处的地方，好像嘈杂世界里的一座静室，我对单位的依赖感由此而生。

每个傍晚，看着窗外的斜阳，我就告诉自己，会永远这样吗？不会的。

果然又要搬办公室了，这是我早就知道的。天下大势，分久必合，合久必分，这是我二十多年的单位生涯，所得到的不多的经验之一。

最开始的时候，每次搬新办公室，我都有一种扎根于此、誓把铁椅坐穿的决心，但每次刚适应就又变了，长则三四年，短则几个月。

二十多年里，我走遍了整个办公楼从西头到东头七八个办公室，分别待了半年到四年不等的时间，从三楼搬到四楼，从四楼搬到三楼，上上下下，搬来搬去。后来我便明白了，铁打的营盘流水的兵不只军营有，斗转星移才是宇宙规律，于是每次换办公室，不论称心如意还是事与愿违，我都会对自己说，这个样子不会很久的。每次这么判断，屡试不爽。

早晨八点，开始搬了，整个单位响起一片拖拉桌子的钝响。所有人全部集中到四楼，全部换办公室。面对大量电脑、书柜、桌子等，我没有茫然，立即搬起我的盆花。在这里二十年不挪窝，两点一线的人生轨迹，形成了我盘根错节的单位生活，水壶、拖鞋、衣服、梳洗用品，基本相当于另一个家。

一天过去，各个办公室基本收拾妥了，桌子怎么摆的都有。这些年，办公室格局先后经历了罐头式、迷宫式、开放式，东西南北，四个方向我全坐过。这次我又回到十年前坐过的地方，屋子宽敞，窗子明亮，不妙的是对面的女厕所和男厕所，一开门，满屋厕所味，刮北风是女厕所味，刮南风是男厕所味。即便如此，比起 2000 年我还是很满意的。2000 年，我与两个同事在最西头的房间办公。这是一个很奇怪的房间，横截面是马蹄子

（三）

编辑部 ／ 单位的沧海桑田

形的，三面玻璃墙拼成马蹄子的圆弧，玻璃是死的，不能打开。没有空调，没有暖气，在那里，我度过了难以想象的严冬和酷暑，尤其要人命的是每天下午阳光直射，玻璃墙像一面巨型凹透镜把光线聚焦——我就被罩在这个光圈里。

每天下午，那两个同事都被烤走了，别的同事来，头发胡子立刻就焦了，不知为什么，总是剩下我自己，背向太阳，默默受曝。

现在那个屋子封了起来，成为无人区。

关于无人区的回忆已经零落，甚至想不起为什么只有三个人在里面办公。人在单位，浸淫久了对单位总有一种百感交集的情绪，多少年单位与家的分界线已经模糊，单位影响着一个人的精神和生活，在很大程度上决定着一个人的幸福感。军事化管理、人性化管理，雷厉风行的、和风细雨的、温文尔雅的种种模式我都经历，一任任领导，一茬茬同事，来来往往，聚散之间，形成一个单位的沧海桑田。

在这你方唱罢我登场的世界里，我仿佛元稹诗中那个唐朝宫女，总在闲坐的时候，向新人们说起天宝遗事……

人生最痛苦的事莫过于开会和扫雪。小刚如是说。

小刚是单位的门卫，第一任门卫。不过他整日穿的是便衣。他没有制服。这个身高超过一米八，年龄超过二十岁的小伙子，神情和常人说不上来哪里不一样，目光里有一种悲愤，语言比表情还要稀少。单位为他量身定做了一个铝合金小亭子，就像高速公路收费站，放在门口，仅容一人。小刚每天站在亭子里，微低了头瞅着你，不说话，也不笑。

我们单位又不是宾馆，需要个绝色的门童，挺好个小伙子，就准备一辈子看大门了？我想。

在这个亭子里，我曾幸运地看到过一次他的日记。那是一个白色的封面印着风景的，很普通的日记本。第一页记着一些电话号码，超过十个，这说明，对于他和这个世界的联系，以及和世界上人与人之间的交往，他看得很重要，放在生活和工作的首位；第二页，记着五笔输入法的字根，"又巴马、丢矢矣……慈母无心弓和匕"，这说明，他并不满足于门卫这个职业，想学习一门技艺；

第三页，写着三五句人生箴言："没有失败，只有软弱"、"不经历风雨，怎么能见彩虹，没有人能够随随便便成功"，"运去黄金褪色，运来铁也生辉，踏过荆棘地，就能闻到金达莱的芳香"，这说明他是一个有理想的门卫；第四页，没有了。

我原以为，他是来监督我迟到早退的，但后来发现不是。小刚在此，担任保安、清洁工、报纸收发等多项工作。小刚是二十四小时工作制，更多的时候，单位是小刚一个人的。一个人守着大楼、大厅、大院、大门。

只有他在单位住宿。

他是单位的守夜人。

每天早晨，他都在扫，扫落叶，扫雪，什么都没有，他就扫灰。不扫灰的时候，他挂在大厅玻璃上擦玻璃，风把树叶都吹落了，也不能把小刚吹下来。

和我一样，他来自农村，老实巴交，不会撒谎。不会撒谎的小刚说开会和扫雪痛苦，可见开会和扫雪真的是招人恨的事情。开会就不必说了，扫雪是北方冬天生产生活的一件大事，每个单位都把扫雪当作一场战役来组织和部署，将扫雪时间与降雪厚度结合起来，十公分以上，提前一小时到单位，二十公分以上，提前两小时。作为守夜人的小刚，必须枕戈待旦。如果播音员说："今夜大到暴雪。"那他就别想睡了，每隔一个时辰就要目测一下雪的厚度，以便决定几点起床。单位大院里，一片修竹，夜深知雪重，时闻折竹声，对古人而言是诗意，对小刚来说是惊堂木。

每次下雪，他都是第一个扫雪的人。

我常忖度小刚，第一个扫雪的人，千山鸟飞绝，万径人踪灭，大雪那么完美地覆盖了一切，他是怎么决定从哪儿下手的呢？大雪无痕，大雪无瑕，他是怎么忍心落扫帚的？

　　终于有一夜，鹅毛大雪掩埋了整座县城，交通完全瘫痪。我到单位时，同事们还没有来，小刚也起床不久，只扫了几级台阶。雪没有停的迹象，搓棉扯絮地下着，刚刚扫净的台阶立刻被雪落满了。我踏着乱琼碎玉，远远看着小刚，在高高的台阶上挥动一面橘红色的塑料推板，像广寒宫里的吴刚。

工程师

我的工程师同事是神奇的。

平时工程师很忙，偶尔不忙的时候，我们都需十分小心，因为他回来了。

"死机了，你呢？"

"我也死机了！一定是工程师回来了！"

每当我们的电脑集体死机的时候，大家就这么悲哀而准确地判定。

这工程师本是我们最怕的东西，尤其怕他坐下来。那工程师开始还只是踱来踱去地说话，后来竟在安装了服务器的主机前面坐下了，大家就只好忍耐地等着，许多工夫，只见这家伙将手一抬，我们以为他就要站起来了，不料他却拿出一个黑色的文件夹，打开了。我们就面如土色，因为他的这个夹子里有许多张光盘，一层一层插着，不知用到哪一张才能救活系统。

工程师负责局域网和因特网的维护、修理、保养，确保所有的电脑正常运转。他来的第一天，我们都欢欣鼓舞，奔走相告，认为死机的现象再也不会发生了。

然而我们高兴得太早了。

他不在的时候，我们的机器杀杀毒尚能勉强运行，现在好了，他能让整个单位的网络系统十分钟内掉线二十次。

总之，是完了。

我的工程师同事是神奇的，他能统治所有的电脑。经过他手的电脑似乎都认得他，每当他出现在一台电脑的面前，电脑就开始混乱，或者是出现一个"非法操作！机器将关闭所有的窗口"的对话框，或者是"网上邻居无法使用"，总之，他一回来，他的名字就会响彻大楼。

"工程师，不好了……"

"工程师！救一救……"

……

这样，这家伙就像白求恩大夫一样穿过枪林弹雨，在炮声轰响的阵地上抢修电脑。

他还会给所有的机器设置咒语，如果他长期不回来，而我们也没有给他打电话，机器们就会在某天集体瘫痪，于是无数个电话求他回来，他就笑着出现在我们面前，得意地。

如此一来，我们便可以知道，工程师是重要的。我们可以没有总编，但不能没有工程师。

工程师是神奇的。他那三十五岁的心房里装着整个国际形势，他关注海峡两岸，关注中美关系，对中国人民解放军的武器装备水平缺乏应有的信心，对广大指战员的业务技能表示不该有的担忧。一边向往发达国家资产阶级的糜烂生活，一边发誓为国捐躯，说什么如果爆发卫国战争，他坚决加入敢死队；还说什么如果祖国要买航空母舰，他将把裤衩都捐出去。

他还无比热爱自己的家乡，登高望远，他总忍不住指点江山，而建设自己的家乡，他总有令人不安的大手笔。

站在西湖岸边，看水光潋滟，山色空蒙，他说："砸下三个亿，把我们的米山水库也弄成这个样子！"

到了中山陵，他又说："砸下六个亿，把我们的峰山改造成中山陵！"

不说话的人是危险的。

因为会被我惦记上。

L 先生就被惦记上了。

L 先生不说话。

L 先生生于四川，定居云南，太太是山东人，在山东老家买了房子，每年回来度假。

第一次见 L 先生夫妇，L 太太这样向我介绍他："他不说话，你不要介意。"

我看看，L 先生瘦，有嘴，有声带，能发声，但是不说话。

"为什么？"我问。

"很久以前，他们家因为说话倒了大霉。"L 太太说，"所以他得了教训，不说话了。"对此我是有体会的。去年秋曾与 L 太太 L 先生同去济南，来回一共七个多小时的车程，我与 L 太太说了一道，时而感慨、时而大笑，L 先生始终不发一言，嘴唇像大门一样关得严密，整个途中，他只有在喝水和打呵欠的时候才歇个小缝。

他始终把自己放在一个角落里。即使那里不是角落，他在，那里就会成为一个角落。

他给自己起了个网名，孤独侠。

L先生的悲惨世界已是过去时，但沉默的权力，他保留了下来。他画画、做菜，出手不凡。我和L太太交谈的时候，他穿着格子衬衣，抱膝坐在小板凳上，在我们的时空之中，也在我们的时空之外。"他的心里有一座城堡。"L太太说。我想是的，他穿着格子衬衣，抱膝坐在小板凳上的瘦影只是那城堡透出的一点微光。他听了那么久，看了那么久，他对这个世界一定有许多的心得，但他从不兜售自己的人生哲学，不说废话，不自拍。

他不需要存在感。

他主动消失，让世界屏蔽自己。

对于L先生，我很好奇。

对于我们山东人，L先生也很好奇。

他说，你们山东人说话，为什么那么大嗓门？

你们山东人为什么那么能喝？

你们山东人，为什么喜欢露天小便……

L先生说的不错。不要看L先生在少年时代就点了自己的哑穴，启动了沉默模式，但他的视觉、听觉和感觉从未停止运行。

L先生说的不错，在我们这里，随地小便已是一景，我随时随地都可艳遇小便男士，他们不避人，当街撒尿，完全没有禁忌。我们单位西墙根，就常有男子小便，我从他身后经过，他毫不发惊。有人一到海边，就朝海浪小便。还看到有人一路走一路小便，形成S线路。我们这里的男人，已经把小便当成

井上生旅葵

一种行为艺术。

终于有一天，L先生要离开山东，饯行宴结束后，走出饭店，他信步来到饭店门口的绿化林中，用小便的方式，与这个世界交谈。

编辑部 / 孤独侠

我祈祷

原来工作之余，他们都挺闷骚，唱什么滴答滴答滴答滴答，寂寞的夜和谁说话……

我不唱歌，吃爆米花。

我最想听他们唱《无所谓》，他们能把这首爵士乐风格的歌唱得肝肠寸断，尤其是高潮时段，他们爆发出一种撕心裂肺的声音。

他们跳舞。他们喝酒。他们得瑟。

他们是我的同事。

他们问我最喜欢的歌是哪一首？细想想，还真没有。从前我喜欢《六个梦》，后来喜欢《追梦人》，再又喜欢《女人天生爱做梦》，现在呢，很少做梦了，非得说一个，那就《新鸳鸯蝴蝶梦》吧。

我不唱歌，吃爆米花。

忽然发现上衣的第二粒纽扣不知何时掉了。这个部位正好是关键处，只得整晚用手捂着。这样整整一晚上，不管谁唱什么歌，我都是一副揪心的模样。

散场后，一个同事不回家，和我并肩走。距离很近。我走哪儿，他就跟哪儿。他告诉我他的痛苦不堪，他的烦恼无限，他的无可奈何，每一句必定用"他妈的"开头。

我心生同情，却无计可施，只有与他坐在绿化带旁边，手捂胸口，一副揪心的模样听他说。

就这样，在一个灯火阑珊的县城街头，一个中年人向另一个中年人诉说中年郁闷。一个准高三家长的深重焦虑。一个父亲对女儿的无奈和心痛。

我有一个体会。

人的一生是以中年为分水岭的，这个分水岭以前，人在攀登的，播种的，耕耘的，在这个分水岭之后，路就好走了，而且进入收获季节，甜美的果实俯拾皆是，在哪个方面你都能有所斩获，这皆是你此前的付出，给你的丰厚回馈。如此，你在人生分水岭以后的生活也必将顺着这样的惯性继续，万事如意，花好月圆。反之，你将进入你个人历史中的一页乱世，处处警报迭起，你得忙不迭地去救火。当然这只是人生模式的两极，绝大多数人生活在两极之间，总是有对也有错，因此总有烦恼和喜悦，五味杂陈才是尘世滋味。

现在，我的同事，遇到了典型的中年烦恼，他开始反省自己从前的所作所为，是不是偏离了主题，从前生活的重心，是不是有些失衡？是的，是的，你说得很对，非常正确，你说的那种正确是需要克服人的本性的，那得多深的修养和功力啊，那是圣人，太难做到了，很多时候，人明知错，却不悔过。因为有的错，其实是一种正确。

　　我理解你，你的烦恼，我感同身受。说这话的时候，我手捂胸口，一副揪心的模样。

　　每次去ＫＴＶ，他必唱《我祈祷》，《我祈祷》是他的代表作，这天晚上他又唱《我祈祷》。

　　"我祈祷带上无言的爱／从此失去心里的微笑／我与影同行／我心里知道……"

　　我知道你为什么烦恼，为什么这样烦恼，因为这烦恼是你最爱的人制造的。

　　你有多爱她，你就有多烦恼。

总有一个人使你矮下去

如果没有阿忠，我大半可以做学者，做才子，可惜一世英名全被他毁掉了。

以前，我和小张一起办公。作为美术编辑，除了字号字体，小张对其他知识基本不涉猎，我因此可以信口开河。

我说"地球仪不是我搞歪的"，她信；

我说"打电话时间长了，耳屎多"，她信；

我说什么她都信。

在小张面前，我觉得我就是站在方形台上的巴尔扎克塑像，俯视着地平线。

然而阿忠终于出现了，这个新来的同事，他常常会在众人面前揭穿我的错误，每当他一揭穿，我就觉得，我错得太低级了。他就像一台测试仪，时刻在测试我的智商＋情商，在这台测试仪面前，我的指数一般停留在二百五上下。

在苏州的狮子林，我说，我知道，这是贝津铭的家。他立刻大笑："是贝聿铭吧？"我把头缩到脑子里，噤若寒蝉。

那天编一个体育版，我编发了一篇火箭队的稿子，配了一个很生猛的篮球队员图片，黑人。他看了看，说："这个黑人不是火箭队的，是公牛队的。"

一次编了广告版，广告词中有一句"来自西德的牛肉。"他立刻说："德国现在还分西德和东德吗？"

又一次编一个娱乐版，一篇稿子的题目是《营救晓庆》，说的是刘晓庆出狱的事情，他说："《营救晓庆》这个标题，'营救'两个字，有立场问题。"

我立刻面若死灰，我这不是把刘晓庆搞成江姐了吗？

然而我开始小心起来，开始发奋了。因为我终于明白，山外青山楼外楼，总有一个人使你矮下去。

我的同事须鲸十分喜欢自己的胡子，"须鲸"是他的ID名字，竟是神来之笔，名如其人。

须鲸以前是不留胡子的。和许多中青年男人一样，每天早晨，他额头明亮，下巴光滑，朝气蓬勃的样子，碰到他，我总是给他打个队礼，说："小朋友好！"

但是他终于把胡子留起来了，这让我想到赵七爷的竹布长衫，头顶上的筷子，那些暗示一场政变的道具。最令人焦虑的是，他那胡子的形状似曾相识，很显然，是临摹的某款，碰到他，我便"啪"地敬礼，说："嗨！希特勒！"这个问候语以每小时一百公里的速度在单位内普及。他不喜欢了，又慢慢把胡子改成隶书的"一"字，像鲁迅，很"五四"了。

现在他的"一"字开始变形，弯曲在嘴唇周围，云卷云舒的样子，像斯大林了。

须鲸的胡子能这样神奇的变，使我觉得男人的胡子实在像马路两旁的冬青、龙柏、蜀桧之类多年生常绿乔木，能修剪出漂亮的几何图案。

自从须鲸留了胡子，我和他交谈，就不

再看他的眼睛，而是盯着他的胡子，看他的嘴唇如何在胡子的掩护下发音，那些胡子根根粗壮，使他的脸像一把毛扎扎的刷子。

据说猫的胡子既不是性别的标志，也不是装饰用，竟是随身携带的一把游标卡尺，有度量衡的功能，它的胡子与身体等宽，用胡子量一下鼠洞，猫就能知道该怎么办。那么须鲸的胡子是做什么用的呢?

我好想怀孕

　　与一女同事去妇幼医院开会。她二十八岁，待字闺中。

　　会议结束，我们去医院的宣教室参观。先看一个胎儿，装在大玻璃瓶子里，我们俩用手指对着胎儿指指点点。又看孕妇腹部的横截面，感叹女人都有一个神奇的肚子。又看女性的生殖器，是个塑料模型。我们俩把脸贴到了玻璃门上观察、猜测、争论子宫、输卵管等器官。这些器官就长在我们身上，但我们不认识。

　　男性的生殖器像个晾衣服的铁架子，肾脏、输精管，还有那啥，都串在铁丝上，断断续续的，我们实在猜不透中间一个心形的东西是什么。难道男人的心，长在生殖系统里面吗？还有一个子宫模型，我记得课本上说子宫是梨形的，但这里的不是，是一个塑料杯子，带着两个耳朵。"像小兔子哦！"她说。

　　看完了这些东西，我们又看墙上的贴画和文字，有一句"孕前双方适当食用一些有益于精子和卵子生长的饮食"，她念成了"孕前双方适当食用一些精子和卵子"，把我吓了一跳。她似懂非懂的问："精子和卵子是不是都要有很多，才能保证生育质量？"我说："精子和卵子，一个就行了啦。"她大惊："就用一个啊？"她问："女人什么时候排卵？白天还是夜里？"我思考了一下，说："可能是白天吧？比如鸡都是白天下蛋，每到中午或者下午，母鸡就'个大！个个大！'地叫起来，就是排卵啰！"

她又大惊，说："啊？！你的意思是，鸡蛋就是卵子？！"我点点头。她说："那么你说，母鸡天天和母鸡在一起，是怎么受精的？总不会是母鸡让母鸡受精的吧？"

苍天啊大地啊，你这是怎么把一个二十八岁的成熟女性教育成这样的！

出了医院，她又说："我好想怀孕！"

下班后的晚上，独行在幽暗的石马街上，我是悲凉的。

尽管不到晚上八点，我只感到夜已经太深。眼镜滑到鼻尖上，瞌睡连天，脑袋涨大，敲一敲，像一只不太新鲜的西瓜。

一只问题西瓜。

我买过一本几米的《布瓜的世界》，"布瓜"是法语"为什么"的意思，几米在书里的很多问题，我都很喜欢，他问：为什么不能养一朵云，像养一只猫？为什么故事总是如此安排？为什么倒影里的我不是真的？几米没有给出答案，没有答案的问题更令人遗憾。

我常常拿没有答案的问题去网上搜。网络总是兢兢业业，给你提供一个千丝万缕的世界。比如我输入自己的名字，很快就搜到两千九百二十篇相关信息，有一部分网页将我与刺五加、三棵针、五味子等排列起来，原来我是一种北方灌木，而我曾经以为我是落叶乔木的。

无聊的时候，我就这么一样一样地问着玩。实在想不出问什么，我就问同事："喂，你想问什么，我搜给你看。"他们照例是乏味的，说他什么也不想问，逼急了，他们说："钱。"

我就输入"钱"，可是搜到很多古币，不是他们想要的钱。

无非是这样。每天上午十点，有人就把一个我还没有开始想的问题提前摆到桌面上，使这件事情严峻起来："中午你打算吃什么？"最初他们这样问的时候，我总暗暗地欢喜，以为他们要请客了。可是接下来，并不见他们有这个意思，我就知道了，他们是问我中午回家做什么饭，我们可以互相交流一下。

做什么饭呢？这个问题，网络给出的答案有"午饭论坛"，有题目是《午饭》的小说，答案太过丰富，我反而茫然了。

吃饭、睡觉、上班、下班，每天重复一模一样的内容，我之所以觉得有活下去的必要，是因为我还想搜寻，还想做梦，还想问。

散会了，走廊里响起口哨声，有吹《北京的金山上》的，有吹《我有一段情》的，都是轻松快乐的。

在我的印象中，口哨有性别，也有年龄，口哨的性别是男，口哨的年龄是青春，一个男孩子吹起了口哨，就标志着他的青春期开始了。如果缄口，那是老年期了。

吹口哨这件事，大约每个男的都会。但要听到他们吹口哨，那却是一种惊艳。因为他们一般是在一个人的时候，散步，闲着没事或者等人的时候，还必须是心情愉快的时候，情不自禁的吹起口哨，最好是等恋人的时候。如果你有幸听到一个男的在吹口哨，你就可以肯定他泡到了一个妞儿。

所以我特别遗憾，多少动人的口哨我无缘听到，那一刻的口哨声一定是最美妙、最动听的天籁了。因为那一刻他们独处，他们愉悦，他们发自肺腑，随着心性直抒胸臆。那吹得好的，元气充盈，启人心扉，像一只行走的圆号。

有时偶然听到口哨声，我总会放下手中的事情，静静听其远去。那是一种声音的惊鸿一瞥，就像聆听一只夜莺的鸣啭，一旦惊动，倏然飞走。

我的同事中，有不少会吹口哨的，多数吹得行云流水。只有一人不同，此人口哨风格独特，能将内心的轻松愉悦吹出无聊寂寞的感觉，一般是在宁静的中午或者傍晚，走廊一个人没有，仿佛人都死光了，这时就会响起他的口哨声，没有起伏，没有韵律，没有感情，僵尸似的飘出来，好像在吹奏一首曲子，却听不出音符，此人唱歌走调，吹口哨更走调，走调的吓人。寡妇听了想上吊，鳏夫听了想跳楼。因为那口哨的风格太忧伤。

有一天，我和他有了一场关于口哨的交谈。

"你的口哨风格清新，堪比天籁之音，确实吹出了你的无聊，我再找不出第二个人能把一个人的无聊情绪吹得像你这样传神，——你最喜欢吹哪几首曲子？"

他说："贝多芬的降 E 大调第三交响曲《英雄》、c 小调第五交响曲《命运》、F 大调第六交响曲《田园》、A 大调第七交响曲。"

"不吹牛逼死不了人。"我说，"你师傅是谁？"

"不用师傅。"

"你什么时候学会吹口哨的？"

他说："大约二十年前的那个冬天，天还下着雪。"

"我想问的是，那时你青春期吧？"

"长毛了。"他说。

时光曾来而又往

我们体育系的男生从来不缺女孩子，包括我。王阿泰说。

王阿泰喜欢用倒叙的手法向我描绘他的大学生活，他是体育系最优秀的吉它手。这一点，我坚信。那时我们两在一所偏远破旧的乡下中学任教。

刚毕业的王阿泰容易激动，第一次主持学校秋季运动会，他又兴奋又紧张，把讲话稿看了整整一百遍。在他彩排的时候，我屡屡提醒：你可千万别说成升国歌，唱国旗！结果我的提醒直接导致他在开幕式上把大会第一项内容念成了："升国歌，唱国旗！"

很多时候，傍晚，学生和教师们都回家了，偌大的学校，只剩下我们两人住宿。

校园空旷静寂，黄土的草场上落下尘埃。远处是起伏的山脉和淡蓝的暮霭，王阿泰的吉他声便像涧水般，淙淙流来了。

他倚着走廊墙壁，斜背吉他，一腿屈起，目光纯净，他弹《我爱美丽的台湾岛》、《白兰地酒杯》《22年的别离》……那些曲子在我听来似乎都和爱情有关，它们使空气潮湿，仿佛可以流着泪。夕阳穿过走廊，像橙汁洗过他青春的额头。

有时候他一边弹一边唱，光线打在他的脸上，使他如雕塑明暗各半。

王阿泰说他的长跑成绩最好，接近全运会记录，我也说我是历届越野赛运动员。于是我们商定晚上跑步去镇上。他的女朋友，和我的男朋友都在离我们三公里远的镇上。我们常结伴去约会。

那是一段山间土路，左面是果园，右面是桑林，迎着夕阳，我们穿枝拂叶，王阿泰像一匹马那样不时发出快活的呼喊。

回来时，总是深夜，没有路灯，我们亮着猫头鹰一样的眼睛，以至于多年来我在伸手不见五指的夜里总是视觉良好。

约会总是短暂，所以更多的晚上是我和王阿泰在一起。

乡下中学的夜生活毕竟寂寞，除了有电灯照明，其他一概没有。我常常和王阿泰面对着坐在操场上，看月华如水，从云层顿开处凌空洒下，乡间的夜风缓缓吐着小麦的香气，爱情笼罩。

后来，我们各自结婚。再后来，我们先后离开学校，同时失去彼此的消息。

多年来，我常常想起那个乡村学校，悠长的走廊里，一个弹吉他的年轻人，有着橙汁味道的额头，属于青春，属于怀念，属于音乐。

七年后再见王阿泰的时候，是在城里。

"缘分呐！"王阿泰不住地感慨。我也发出重逢惊喜的抽气声，同时打量他，只见他额头开始荒芜，肚腩也大了。可见他早已不跑步，后来知道他吉他也已不弹。

　　终于我去找王阿泰了，想听他弹吉他。他把吉他从报纸堆里拖出来，慢吞吞地调好弦，开始弹，"不对，不对，换一首。"他换了一首，然而还是不对。

　　锦瑟无端五十弦。拂去弦上的尘埃，我拨了一下，吉他依旧，但吉他的灵魂已经远走。

编辑部　/　时光曾来而又往

于家埠的冬天

至今记得于家埠中学和那里的冬天。

于家埠中学是一所乡村中学，周围几个村庄的学生都在这里读书，老师们的家也分布在那些村庄里，那些村庄的名字，只看字面，就能知道是什么样的深山老林了："山北头、林子西、背眼、松岚……"

西北群山起伏，东南桑田如海，早春，布谷鸟的叫声特别响。

这就是于家埠中学的地理特点。

校舍简陋，水泥地、石灰墙，没有天花板的头顶上，榆木、松木做的梁、檩、椽子根根可数，像鱼骨。我们办公室叫"艺体组"，大约十平米，小门小窗，灰暗的光线里三个额头放光的年轻人，我和林老师对桌，林老师是音乐老师，二十二岁，梳着马尾巴，小眉小眼小嘴，常穿一件浅紫罗兰毛衣，踩一架稀破的脚踏风琴唱歌。体育老师王老师二十三岁，身材高大，总得弯腰低头才能进屋，总得折叠起来才能坐到小木桌前。

冬天最重要的事情是生炉子。炉子是生铁铸的，形状如鼓，黑色的粗铁管伸到屋顶，和烟囱接起来。老师们都爱到我们办公室来暖和，因为我们有工夫生火。

有了火炉，冬天就热闹。王老师用铁丝做了个圈，套在炉子上用来烤鞋垫，白白的水蒸汽蹿上来，他的脚臭味就四处洋溢。下面烤着鞋垫，上面就热着林老师的铝饭盒，饭盒里是大米和红烧肉，还有一把塑料勺子。饭盒掀开后，勺子瘫在米饭里。

学校厨房每个月末都烀一套猪下货，我买了肠子肚子正到处找刀，一看林老师不禁目瞪口呆！但见她纤纤素手握一个猪心，明眸善睐地吃着，猪心冒着热气，好像刚从胸腔里掏出来，简直是《聊斋》里的女鬼显身。

王老师上辈子是饿死的，一有空就琢磨吃。放学之后，学校伙房的门上了锁，他在旗杆的一头钉上两颗铁钉，从伙房门上一块碎玻璃处伸进去，至于玻璃是不是他弄掉的，也难说。他用旗杆把盖馒头的包袱掀开，用铁钉狠狠一插，两个白白胖胖的大馒头就到手了。

于是整个冬天，我们就烤馒头干。

炉子一侧有个小窟窿，火一燃起来，我就盯着那个小窟窿看火。火亮着、烧着、响着，炉子的胸膛烈火熊熊，好像红旗猎猎，千军万马呼啸奔腾成滚滚热浪向外荡漾，常常看得我脸颊火烫，两只眼睛里都是火。

我拿来一个小铁锅，架在炉子上，林老师拿来一块菜板，办公室成了厨房。煎炸烹炒，就差没包饺子蒸馒头了，爆锅的葱香味惊动了隔壁的老师，纷纷羡慕我们的小日子过得红火。

晚上，学生们都走了，已婚的老师们也都走了，校园里只有三五个单身青年教师。灯泡昏黄的光，在冬夜缩成一豆。我和林老师把水桶全部灌满水，地上摆一排暖壶，去仓库里装一麻袋松果。松果烧起来，火更旺，把门反锁，把窗户用红旗遮了——我们俩烧水洗澡。

办公室有个机关，这个机关就是门框下一个老鼠洞，平时我们把包子里不爱吃的肥肉拣出来都塞到洞口喂了老鼠，老鼠长得胖，洞于是越来越大，我们洗澡时，这洞就是排水沟，四桶水灌下去，居然没有水漫金山。

月黑风高，生火洗澡，响亮的水声消失在严密的乡间夜色之中。

快过年了，别的老师都暗无天日地领着学生迎接期末考试，我们音乐体育美术课都停了，只好生炉子。一日大风怒号，我们的炉子也"哇哇"地响着。快到中午时，一团灰烬掉下来，王老师说："今天的风真大，把梁上的灰都刮下来了。"说着仰头看梁，一边看一边疑惑地说："怎么房子漏了一个窟窿？"我说："你烤火都烤得说胡话了。""真的，你看那里这么亮！"王老师扶了扶眼镜坚持说。林老师眼尖，一抬头，结结巴巴地说："不，不好了，着火了！"我们吓得直蹦。抢出门去一看，果然，瓦缝在冒浓烟。

梯子架到墙下，王老师抄起一根铁锨"噌噌噌"上了房顶，也不知踩碎了多少瓦，一锨拍下去，只听"轰隆！"一声，屋顶塌下一片，火苗"呼"地蹿起老高，瓦着火了！王老师站在屋脊上挥锹扑火的姿势让我想起一部电影的名字——《烈火中的青春》。

　　我极怕冷，每年冬天对我来说，都是一个坎。读书时，学校里没有取暖设备，不论教室还是被窝，都是冰窖，那是真的寒窗，手脚经常冻伤，血管都结冰了。但于家埠的冬天不冷。于家埠的冬天，有一只铁炉，里面红旗猎猎，催动着春天的千军万马，向我奔腾而来。

石灰窑

从石灰窑回来的路上，我眉头舒展，心情快慰。至此，关于服毒轻生少年的采访以一个算得上圆满的大结局篇收尾。

几日前，我得到一条信息，一名十五岁的少年在他打工的饭店服毒自杀，警方前去调查时，饭店老板娘说，这孩子几天来情绪低落，老说想妈。老板娘的话触痛了我。第二天，我在重症监护室见到了少年。其时，他苏醒了不过十几个小时。据他的一位远亲说，这孩子是石灰窑村的，父亲精神不正常，母亲四年前离家出走，杳无音讯。他从小跟奶奶生活，升入初三两周后辍学去饭店打工，有时被老板打骂，因此想妈，就买了一瓶敌敌畏喝了。幸亏抢救及时，活过来了。

我和他聊天。问他，你喜欢什么玩具？

他说，我没有玩具。

想不想回学校念书？

不想。

喝药这件事，你后悔吗？

不后悔。

我想给你拍个照片，你能笑一下吗？

我不会笑。

……

他几乎全是这种令我顿时窒息的回答。

我决定做连续报道，帮他找妈，帮他筹集医药费。第一篇报道见报后，他的医疗费有了着落，第二篇报道见报后，他妈有线索了。

他妈在离石灰窑四十公里之外的一个村庄，我来到这个村庄时，人们都在赶集。村里人抬手指着说，她在前面，在那儿。人群中，我看到一个女人的背影，挺高的个子，穿一件土黄色大外套，长头发束在脑后，右手牵着一个三四岁左右的男孩子，男孩子也是一件土黄色的大外套。邻居说，她每集都领着孩子来赶集，每集都什么也不买，没有钱。

原来，她抛下前夫和儿子后，来到这个村，又和一个男人生了一个男孩。这个村有八百多户，村子虽大，却很整洁，房子都刷成奶黄和天蓝色，村路全部硬化，有健身广场和小花园，但她的家和这个整洁的村庄有着极大的反差：脏、乱，门框灰黑，玻璃糊着油污，灶间的剩饭像鸡食。

站在炕前昏暗的光线中，她问，你们找我干什么？

我拿出事先准备好的照片递给她，她接过照片，立刻双手颤抖，低喊："儿子！我儿子！"就满眼眶跑泪。她的邻居说："你知道你儿子的事吗？他喝药了，说想你。"她一听，抱着照片就趴在炕沿儿上哭。

我说："别哭了，你儿子救过来了，没事了，他说想妈，想你，想见你，你能不能去看看孩子？"

她只是哭。不说话。

邻居说，去看看儿子吧。

她一面哭，一面低声说："我没有钱！"

邻居从兜里摸出一百五十元塞给她。

她今年三十三岁。在车上，这个三十三岁的女人说起话来，有一种往事如烟的神情和一种漂泊天涯的语气。从十五岁起，她就开始了一种沧桑流离的人生。据她说，十五岁那年，她父母吵架，她妈就带着她离开吉林老家，来到我们这儿。她不识字，没念书。之所以离开前夫和大儿子，她说："在那儿，我实在过不下去了。钱都被他赌了，连吃的都没有。"

看到照片的那一幕，她的情感反应比电影上演的要震撼，没有一个演员能演出那一瞬间，她的表情、她的泪水。女演员也不行。生过孩子的女演员也不行。接下来母子见面的一幕，却没有发生想象中抱头痛哭的情节。

石灰窑到了。村庄不大，已没有石灰，也没有窑，但那些老房子、老墙却散发着石器时代的原始气息，墙根背阴处积雪斑驳，像风吹落的石灰。

坐在炕上的男孩从窗上看到了妈，曾经说不会笑的脸上立刻笑容绽放。

母亲的窘迫，孩子的苦难，他们所经历的人生以及所身处的境况对我来说完全陌生，完全不能想象。世界不该这样，我觉得，世界该处处有温暖、有关怀，像诗里写的，每一座山都有一个温暖的名字，每一片土地都有深沉的爱。阳春布德泽，万物生光辉。

归来时已是中午十二点多了，回到家，倚在沙发上吃苹果的时候，我环视我光明的客厅、卧室和厨房，心中有一种不安。想到这个世界、我的身边，有人在一种形而下的生活里，受苦。

我们之间

堂妹回来了。从日本。

三年前，堂妹去日本北海道打工，每天与螃蟹、海冰打交道，现在，三年期满，她回来了。在机场接她的时候，我忽然想做一个出国劳务专题的采访，以便让想出国打工的人群多了解一些相关情况，为他们选择国家和工种提供一些参考。

近几年，出国打工的孩子是越来越多了，尤其是农家子女。我的兄弟姊妹中，就有两人出国打工，一个日本，一个新加坡。一个加工海鲜，一个加工蔬菜。

这个县城，有多少人出国打工？

他们都分布在哪些国家？

从事什么工作？

年收入？

很多出国打工者都是刚毕业的年轻人，异国他乡，他们面临的最大困难是什么？最大考验是什么？是对语言、饮食的陌生感？还是对体力的考验？

在一家出国劳务公司采访时，答案使我惊讶又悲哀。

经理说："他们面临的最大考验不是工作强度和工作环境，也不是饮食习惯和对家乡的思念，而是彼此间的相处。"他说，他们公司出国打工的中国人都住在一个宿舍，最多八九人，一般四五人，但就是这不超过两位数的人，天天争吵不休，令公司十分头痛，尤其是独生子女，更严重的是女孩子，不懂谦让和包容，常为一点小小利益斤斤计较，勾心斗角，纠纷不断，公司常常要派员去现场调解这些无法处理的问题。更有甚者，因为无法与身边的三两个同胞建立和谐的人际关系，而不得不中断打工，独自回国。

按着我的理解，出国在外，背井离乡，朝夕相处，同胞如手足，更应该互相照应，互相关怀啊。这个结果，令我非常不理解。

堂妹对她打工生活的描述，与她们经理所言不谋而合。她说，最难的不是累，也不是想家，是我们之间的关系难处。与堂妹同宿舍的五个中国女孩子，都来自山东，其中荣成一个女孩子与人发生争吵竟至动刀，被日方辞工。

堂妹说，我们之间发生冲突和摩擦的原因从来没有原则问题，都是琐事，你耍小聪明，我有小心眼儿，我多干了一点，你多得了一点，就怨、就恼、就不平了。她认为这种现象是由中国人的劣根性造成的，搬出那句"一个中国人是龙，一群中国人是熊"的人格标签。

我想，这不是中国人的问题，也不单是独生子女的问题、女人的问题，而是人与人之间，我们之间如何相处的问题。

叔本华说：人生最为普遍的悲剧是床笫间的悲剧。他的意思是，人与人之间往往因为嫉妒、猜忌以及种种浮华、虚荣的心理造成了彼此的隔阂和冲突，从而产生了生活的悲剧。这种悲剧无处不在，是华美袍子上的跳蚤，咬噬着、朽蚀着，使生活多了瘙痒和擦伤。这种悲剧，实在是看不见的氧化剂，使得我们的面目日渐苍老。

那么我们之间，相处很难吗？

难。

只要心中有自私、嫉妒、贪婪、虚荣、自大，就会有冲突。只要总是用道德去要求别人，而不是修正、完善自己，就会有怨恨。

有次陪人去 K 歌，已是晚上八点，我给两个女友打电话求助："快来救场！"半小时后，她们就出现在我身边。我数了数，一个电话，能在半小时内一定出现在我面前的，不超过五个朋友。也许这就是传说中的铁杆、死党、闺蜜。我的朋友不是买来的，我没有钱，不能给他们锦衣玉食的生活，不能给他们提供升官发财的机会，但不能否认我们之间，有真诚，有情义。但我又想，我是谁的半小时朋友呢？别人可以不计报酬、不计得失、无怨无悔地做我的半小时死党，那么我呢？这样一想，我们之间的相处，就容易多了。

我们之间如何相处，是踏入社会第一课，也是一种终身教育。

这是一种戕害

我梦见我在采访。采访对象是一名乡村放映员。他常年为全市各村放映《雷锋》这部电影。我不记得提问了什么，只记得是在放映机旁边采访，只记得这名乡村放映员，他只放映这一部电影，已经为广大人民群众放映了数千次。在梦里，他目视着放映机射出的光柱，说："这部电影的每一句台词我都能背上来。"

在我的工作经验里，人物采访一般写成通讯，其内容跟一个人的传记差不多，大抵写人物在某一方面的突出贡献或者高尚品德。我做过的人物采访大约可分三类，一类是全自动型选手，根本不用提问，采访对象思路清晰，表达到位，交代的都是你需要的素材；一类是全沉默型选手，惜字如金，说话就像花钱一样节俭；还有一类是失控型选手，口若悬河，离题万里。

第一类选手我只碰到一个。他是某部门领导，采访时，我根本不用提问，他从他参加工作开始侃侃而谈，用词准确，描述生动，跌宕起伏，高潮处几乎声泪俱下，将他的叙述原文记录，基本不用修改，就可以交稿。

所以这篇通讯稿，准确地说，是采访对象的口述稿。

这三种类型中，以第二种比较多见。他们多半不善表达，不善言辞，不知道自己有什么过人之处。我曾做过一个农村支部书记的采访。该支部书记为村里办了很多好事，却英年早逝。采访时，他的妻子还沉浸在悲痛里，这位五十岁出头的农村妇女泪痕未干，面对我的采访，她只有一句话："写他干什么。"

转而采访村民，村民们也只有一句话："他是个好人。"怎么个好法，他们无法表达。

我还采访过医生。我问起他们工作中有哪些救死扶伤的特别经历时，他们的共同回答是："没有什么特别的，这是我的工作。"

那些在我们听来惊心动魄的抢救、高超神奇的手术，在他们看来，都是他们的日常工作。他们从没想到自己的工作会是一篇人物通讯里的高潮和煽情部分。

我还采访过免费接送尿毒症患者的出租车司机，采访过埋头苦干的车间一线工人，采访过无私奉献的爱心志愿者，多数被采访者第一反应都是拒绝。这种拒绝几乎出于本能，他们做人做事，本出于天然，不希望被人知道，更不喜欢满世界宣扬。但记者来了，媒体来了，报纸电视铺天盖地了，在这种情况下，很少有人能做到坚决拒绝，彻底拒绝，永远做隐形人、匿名者。很少。有些人被动地接受，还有些人最后爱上镜头。

每当这时，我就十分内疚，成天写些麻沙沙的东西，对文字是一种戕害，对人性中的美德部分是一种戕害。稿子写得越华丽，越是一种戕害。被采访人本来如一泓井水，清冽着，甘甜着，深藏而宁静。而现在，记者用排比句、设问句，用成语，用各种修辞，把稿子写得催人泪下，把采访对象塑造得高大完美。他们再难有宁静的生活，再难有平常心，再难归于淡泊，归于本真。

我不知道是不是世界上所有的社会都要评比，都要树立各种先进人物、道德楷模来感召公民敬业、行善、做人、做事，我不知道被擎上道德高地的那些人，有没有心理障碍。我只觉得，这种做法，将人分等，对人进行无声的谴责和诋毁，这就是一种戕害。

祝家庄

作为一个村的窗口单位，村支部书记家的门口总是干净些，院子也总是宽大些，还有，村支部书记的家总是养着花，月季是一定有的，不平常的是，还一定有杜鹃、君子兰等主席台上摆的花。村支部书记家都有会客厅，会客厅里都有玻璃茶几、仿皮沙发，会客厅的使用率也比较高。

村支部书记家一般都养狗，高腿黑毛，低声咆哮的。但是祝家庄村支部书记的家里，寂寂的，祝家庄也寂寂的。

和俺村一样，他们村的电线杆子上也斜贴着标语，什么"上下齐行动，防治禽流感"、"打响祝家庄防治禽流感保卫战"，红纸黑字，手写行楷，十分醒目。在农村，电线杆子就是宣传平台，是消息树，饲料广告、药品广告、政策法规，一层糊着一层。这场禽流感保卫战的指挥是个老年兽医，他对自己这么老了，还能被村里派以重要的任务，感到很自豪，他兢兢业业地戴着一顶黑色的棒球帽子，严密地注视着全村的畜类们。几个村民背着喷雾器在打药，这就是参加祝家庄保卫战的战士了，他们拿着喷头东一下，西一下，像拿着探雷器的士兵进了雷区。

鸡在笼子里发懵。

鹅在池子里大叫。

菊花蜡黄着脸，披头散发。

叶子全落尽了，树们一贫如洗。

秋天这么做，是对的。

他们村的人长得跟俺村的人差不多，可是我一个也不认识。

他们村的村支书去世了。

书记家寂寂的。

铁锹、镢头，叉子陈列在墙根底下，几个小板凳破罐子破摔地躺着。一进门，就迎着村支部书记——一个中年男人的遗像，黑白的，黑框框着，顶着黑纱，相片里的男子一点皱纹也没有，一点悲哀也没有。

他们点着一枝香，向他吹吹。

他的女人在炕上躺着，见来了陌生人，坐起来，谁也不看，看空气。"这是记者，来写俺哥的事儿的。"他们告诉她，她还是看空气。

我以为她要号啕，说"这日子可怎么过啊"、"没法活了"

之类，她没说。问她，她就说："人都不在了，还写什么呢。"或者说："他的事，谁知道呢。"

……

问不出成句的话。

她终于哭了，无声无息的，渐渐连成一线，她哭的时候，我就不看她，看空气，我怕我的眼泪滴到眼镜片上。我不能和她一起哭她的老公。

问村民，他们大抵讷讷，说些没有形容词、没有惊叹号的短句，无非是"他是好人。"、"他给俺村修了水泥路，安了路灯，还有自来水"、"别的村都没有水泥路。""他都是花的自己的钱。""老鼻子人来哭他，都不舍得他。他太年轻了，谁能想到得了急病。"

问戴棒球帽的老兽医，他也只说："他是好人。"

后来我又找到了多年前的一个支部书记，他一头白发，梳着刘少奇的头，在他的家里接见了我，他家的墙上挂着毛泽东和邓小平握手的宣传画。他沏茶给我，这使我受到进村以来莫大的礼遇。他说："社员们对他评价很高。"他说的都是上个世纪五十年代的政治用语。

没有细节。

告别的时候，在大门口他又和我握了一遍手，看得出，他酷爱这个动作。

我没有走，我在他们的村里转悠，这是个只有二百七十户，七百人的小村，六十五岁以上的老人占了全村的五分之一。这个衰老的村子显得整洁干净，像一个用草和树枝絮的巢。

　　正午的阳光下，有个中年汉子拿个大勺子在喂猪，笑眯眯地看着五头小肥猪挤在一起争食。

四

朱颜改

我这仰视的一生

最开始的时候，我不是想要做他的妻子，而是想做他的妈妈。

因为当我下定决心、不怕牺牲、排除万难，争取与他结婚的时候，完全是听了一个朋友的话。

她说，他没有妈妈，他很小就没有妈妈了。

本来有些犹豫的我，立刻就定了终身。我要让一个幼年就失去母爱的男人，重新获得她。何况我本来就是家里的大姐，他是最小的弟弟，就算他年龄比我大，但他没有做老大的经历和资本。

结婚后，我才发现完全不对。

首先，一个一米六的女人对一个一米八的男人来说，生活是仰视的，被他俯视了许多年，我觉得我渐渐地连一米六都不到，只有一米，甚至更矮。

从属相来看，我是走兽，他是飞禽，我照例还是得仰视他，因为仰视的缘故，我的额头早早就有了像爱因斯坦那样的横断纹。

而最让我悲叹的是入睡的时刻，他用手

臂环住我，像母亲拥着一个孩子，这样的感觉我只喜欢停留十秒，第十一秒钟，我将四肢从他的缝隙里暗暗伸出来，像河蚌吐出柔软的斧足，但是走不多远，就会被他收回去。

不把我放在怀里的时候，他就试图为我做所有的事情：

我打字，他把水杯放在电脑旁；

我睡，他把牛奶放到卧室。

我不吃早饭，他把牛奶袋放进我的书包；

实在无事可做，他就注视我换鞋、换衣服、打瞌睡、像猫那样伸懒腰……每当这时，我会紧张，会烦，会想法从他的视线中消失。

下雨那天，我不想穿雨衣，下了楼，走到半路，雨下大了。他追上来，把雨衣套在我身上，给我拉正雨帽，端详了一端详，又把雨帽的带子抽紧，我抬起脸仰视着他，雨水就打在脸上，如果是我哭了，那是因为我很想喊他一声：妈！

只有朱颜改

一个人的生活方式是否被淘汰，有具体的标准可以衡量。其中的一条标准就是：不写信，当然这里的写信，指的是用纸和笔。

我是喜欢写信的。第一轮写信高潮是少小离家求学时，父母，表兄弟，堂姊妹，中、小学同学都是我写信的对象。我以两天一封的速度给他们写，每封信多的写到十页，少的不下于三页，信末通常用很大的字体落款："你的同学丛桦草"。

第二轮写信高潮是在和他相识之后。

我们在一个办公室，自己就是邮递员。每天晚上，我把信给他，让他夜里才能看，我就想象他藏在被窝里看信的样儿。

给他写信是一件甜蜜的事。每一封信我都折成不同的形状，有时是三角形，有时是心形，有时是一个同心结，有时是一只千纸鹤。有时是一句废话，比如："等待一万年不长，如果终于有爱作为报偿。"

有时是很多句废话。

他给我的信中，最肉麻的是抄了谁谁的一首诗，他说："啊！每天呼唤你的名字 /

你美丽的名字／你甜蜜的名字／用你的名字取暖／啊！每夜呼唤
你的名字／默默的呼唤／偷偷的呼唤／用你的名字照明……"

　　我最受不了的就是他这个"啊"字，一读到，我就像被电
击一样。

　　往事不堪回首，就不堪在人们曾这样肉麻。

　　写满我们爱情口水的情书快盛满一麻袋的时候，我们总算
结婚了。如果说婚姻是爱情的坟墓，那么值得恭喜的是，我们
的情书总算有了葬身之地。

　　结婚后，我们就不通书信许多年。

　　第三次废寝忘食地写信是在我申请了电子信箱之后。每天
我上班第一件事就是打开信箱，阅读邮件。最开始，百分之
九十以上是作者来稿，读者来信。后来网友的邮件多了起来，
我每天写总数将近五千字的回复邮件，这些邮件透支了我的语
言，使我成了哑巴一样的人，在单位极少和同事交谈，在家里
极少和他说话。

　　尽管每天邮件都很多，但我的处理方式都非常明确，非常
及时、干净，要么回复，要么删除，从来没有一封邮件滞留在
信箱里。后来我不做编辑，作者的稿件立刻骤减，以至于无。
网友们也都改用 QQ，有时一连数日，信箱未读邮件的显示数字
都是"0"。

　　但是我每天早晨上班第一件事，仍然是打开信箱，好像我

井上生旅葵

下了一个赌注在这里。

那天早晨上班，我像往常一样打开信箱，啊！有一封未读邮件。

仔细看了发信人的邮箱拼音，竟是他的。他什么时候申请了电子信箱？

迟疑很久，我才打开邮件，看到一句话："小楼昨夜又东风。"完了。

他想说什么？

我关机了。

乌黑的屏幕上，我看到呆呆的我。

海誓山盟应犹在，只有朱颜改。

这封邮件一直在我的信箱里，没有删除，也没有回复。

从未以爱情的方式

人说中年男子有魅力，这是对的。我十四岁的时候，就知道为中年男子着迷了。那是上个世纪八十年代中叶，全民看日剧，《血疑》《排球女将》《蔷薇海峡》，我被《蔷薇海峡》里的范仓纯一郎迷住了。《蔷薇海峡》不是爱情剧，而是父女亲情剧，范仓是剧中的父亲之一，同时也是黑社会老大，他四十多岁，穿灰西装和米黄色的风衣特别有型，他无情、冷峻，有一双永远不笑的眼睛，与此前看过的国产电影里形象猥琐、獐头鼠目的坏蛋不同，我被范仓镇住了，每看到他出现，就有血液如洪峰冲过心房。多少美男子，高仓健、三浦友和、唐国强，我都没感觉，我只有范仓。他分裂我，沉沦我，从此我内心幽暗，寂寞孤独。我不知道那是不是爱情，我只是守口如瓶，不敢说范仓，不敢说《蔷薇海峡》，因为那是一个未成年人对一个成年人的迷恋，一个良家少女对一个黑社会老大的追慕，这让我讳莫如深。

此后我曾在《情义无价》中的寇世勋身上，在马龙·白兰度的《教父》身上，在《上海滩》的周润发身上，感觉到一丝范仓的影子，但再没有人，能像范仓那样使我痛苦了。

什么时候，解除了范仓对我的魔法，我不能记起，甚至忘记曾经有过一部叫作《蔷薇海峡》的电视剧。

阿莲说，她没有爱情，她从来没有爱过，不知道什么是爱情。阿莲与我是发小，她有过婚姻，有过配偶，有孩子，但四十多年来，她从未以爱情的方式，去对待一个异性，情窦初开，一见钟情，情不知所起，一往而深，这些爱情专属词句，在她那里都没有概念。她被第一任丈夫伤得太惨，所以很难相信爱情和男人。但她的心理和生理又都是正常的，所以离异后一直在等待，寻觅，爱的讯息。

什么是爱情？在她的追问里，我忽然迷茫，并且深思，是的，什么是爱情，谁自诩能够诠释爱情的定义呢？

70后的乡村爱情时代，我曾拥有的时代。那时我在一所乡村中学，学校里，与我同龄的六个女教师几乎同时开始恋爱，我们的男朋友从货车司机、邮递员、修理工到消防器材厂技术员，职业非常丰富。没有三角恋，每个人都独享自己那一份，都以白首不相离的意志飞虫扑火地投入，我们去约会，交通工具是自行车，通信工具是手写书信。不约会的晚上，我们在宿舍里谈论，教音乐的小李问："你们都给他起了什么私房名字？"众人吃吃笑，羞赧而甜蜜的分享，有叫"小乖乖"的，有叫"胖哥"的，有叫"亲爱的"，最令人浮想联翩的是教地理的小王，她叫男友是"我的白肚皮的大公鸡"……

整个夜晚都被甜蜜笼罩，整个校园，整个九十年代，那是我们的时代，所有的目光聚集，所有的赞叹来自于青春所能有的美丽，所有的幸福来自于两颗心相遇的喜悦，那是不是爱情？

男青年教师也在热恋，不约会的晚上，寂静的乡村校园里，教语文的小张坐在操场的篮球架下，擎一管横笛吹曲子，"孤灯提单刀，漂泊我自傲"，明月高悬、秋风如水，几间校舍成了荒野古刹。萍水侲偬，我们为什么来到这一处人生驿站，远离人类文明，进入生命中原始而蒙昧的部分，为什么同时开始升起月亮的潮水，听从命运之神的引领，仿佛早已设定好的程序，又像春天的葶苈，明黄色的小花清香溢远，越陌度阡，直到被风吹散。

后来和我一起生活的男人，和范仓是完全不同的两类人，他与我没有年龄差，并且老实，驯良，无辜的神情让我觉得自己是个黑社会，后来我才知道他并不是我感觉的那么弱势，他有一种可怕的韧性，尽管虐他千百遍，他仍待我如初恋。为此，我常在面对他的时候热泪盈眶，我不知道这是不是爱情。

这么多年，我从不写爱情，认为庸俗、浅薄，可笑而无聊，可谁知道爱情是人类永恒的图腾，文明史、文学史中的不朽之作和传世经典的主题都是爱情，罗密欧与朱丽叶、夏娃和亚当、《西厢记》、《牡丹亭》，就连革命剧《白毛女》也是以大春和喜儿的爱情来挑起观众的仇恨，这些故事从创作的那天起，就一直赢得眼泪和叹息，这就是爱情吧，历久弥新，生生不息。尽管不再鱼传尺素，驿寄梨花，不能化蝶，也无梦可惊，但爱情并没有随着时间消失，爱情的神力也并未有一丝衰减，你看爱情中的女子更像女子，她分花拂柳，浅笑轻颦，你看爱情中的男子更像男子，他丰神飘洒，玉树临风。尽管人人开始怀疑爱情，诋毁爱情，但同时也在追求爱情，渴望爱情。

播种有时，收获有时，生命在你活着的时候，就开始轮回了。我对面的九〇后女同事毕业不久就有了男朋友，其他几个九〇后同事也都有了恋人，开启了九〇后的爱情时代，他们的心智在爱情中成熟，生命在爱情中圆满。他们毕业得正当时，恋爱得正当时，在对的时候，做对的事，我在祝福他们之余会拐弯抹角打探他们的爱情，向其传授一些爱情秘笈和婚姻宝典。情人节，我对面的姑娘收到一大束红玫瑰，火炬一般燃放在办公桌上，是的，这是爱情的火炬，由青春负责点燃和传递。

每次和他去泡温泉，都会说起小时候，每次说起小时候都说起洗澡，每次说洗澡，都说起虱子。

小时候，洗澡给我留下的记忆很不美好，简直就是受刑。

小时候，每年冬天洗一次澡。都是腊月底洗。在离村五里地的一处温泉，我们叫那里是"汤"，附近几个村的人都在那儿洗，都是一年洗一次。一次一毛钱。

一毛钱也没有。

没有淋浴喷头，只有一个池子，那个池子，跟个炕差不多大，水汽蒸腾，一池子人挤得就和煮饺子的锅一样。女池子里总是妇人、孩子，洗头、搓澡都在池子里。一冬的灰，就靠这一回洗掉了。那时的孩子和灰老鼠一样，脖子上、脸上都长得漆，居然也能泡去。

水脏得要命。里面都是灰。

就在灰里洗灰。

很无奈的。

我的痛苦还不止于此。

每次洗澡，都如过关。

每一关都令人崩溃。

第一关是下水。

水大抵是烫，小孩子怕烫，脚还没触水，就过电似的收回去，大人一把薅过胳膊，摁到水里，孩子就像掉进了开水，烫得吱哇尖叫，大人高声斥骂，这种记忆太深刻，以致我对温泉没有一点好感。

第二关是打肥皂。小孩子自己打，肥皂滑溜溜的，常滑入水中，"啪！"大人一巴掌打来，孩子"哇"的大哭。

第三关是搓澡。搓澡很痛。那时大人对孩子大抵粗暴。一搓澡，我身上的肌肉就全部动起来，我妈搓哪儿，哪儿的皮肉就缩到骨头里。对于搓澡，我最骇惧，总试图藏匿，但不管躲到池子里的哪个角落，都会被我妈的大手捕捞而去。

他说他小时候，不是一年洗一次澡。是一年都不洗。因为他们没有温泉，只有夏天在河里洗，冬天是不洗澡的，过年也不洗，就那么浑身是灰的穿上新年装。

最幸福的是阿敏了。阿敏是我的同事，她们村中间有一座温泉，他们村的人全部是杨贵妃，温泉里生，温泉里长。因为他们洗澡不花钱。他们洗衣做饭，也都用温泉水，可享福了。温泉是他们村的聚宝盆，是他们的炕头儿，也是他们村的村委，在澡堂子里开会，聊天，全裸的。

不生北方，是不会知道春寒赐浴华清池是一件多么奢侈的事情。

曾经以为他们村的人不长虱子，但阿敏说，一样的长。

总是想时代应该这样划分：石器时代，青铜时代，虱子时代，网络时代。

那时侯，人人都长虱子。有次我惊讶地发现，头发里的虱子是黑色的，身上的虱子是白色的。有次用篦子篦头，用脸盆接着，篦下来的虱子有一盆子底儿，又黑又肥。上课写字的时候，"咚"一声，一只虱子失足掉在本子上。

身上也长，一般是在棉袄的褶皱里，秋裤的裤腰上。他说，裤衩上也有。

我说，裤衩上哪有？他说，真有。裤衩上一堆虱子。

好吧，你是虱子的大本营。

小时侯，澡堂子是虱子的大本营，那里换衣裳的地方是两排大通铺，换下来的衣裳堆在一起，虱子们有了大聚会的机会，王官屯的虱子、大英村的虱子、林家庄的虱子还有俺村的虱子们进行了繁密的互动，成功地完成了每年一次的阵地大转移。

我们对虱子束手无策，除了徒手抓，再就是用敌敌畏，把敌敌畏涂在头发上，衣服上。

他说，有次他的棉袄用敌敌畏泡了，之后穿着上学，结果虱子没事儿，他昏倒在课堂上，熏的。他爹把他背家去了。

哈哈哈笑死我了，他总是过着比我还苦逼的日子。

他说，他初中开始住宿，睡大通铺，被子里，枕头上都是虱子。抓虱子成为他们的个人卫生清洁方式之一。想象一下，一排的大通铺上，一个个的花季少年，低着头，小鬼一样的在灯下捉虱子！

啊，多少年没看见虱子了。都忘了虱子长什么样儿了。

这才几年哪，虱子绝根了。好像是和人民公社一起不见的。

最后一次看见虱子，是一九九〇年去往天津的船上，在散席，我见到了久违的虱子！竟然有几分青梅竹马的亲切！

之后，就失去了虱子的音讯，忘记了这个黑色小伙伴的音容笑貌！

如今，我们双双以手支颐，泡在清澈见底的温泉中，笑谈往事，总是浩叹。

总有人说什么童年真美好的，美好个驴屎！我从来没觉得童年美好，我最好的日子，是现在。

在大通铺上阿Q一样抓虱子的少年，被敌敌畏差点熏死的少年，那时是否会想到，三十年后，居然能和老婆，舒服地泡在西湖一样大的温泉里，惬意地看着新年夜的繁星点点，吃着来自吐鲁番的葡萄干、广东的橙子、泰国的菠萝……反正我是没想到。

每次看电影，我都要指着上面的花园洋房说："咱家要是这样的就好了。"每次来泡温泉，都要说："咱家要是有这样一个池子就好了。"

这些以后都会有。

抱着儿子的时候，我常常想起一个问题：我妈抱着我，是怎样的呢？

虽然我没有关于妈妈怀抱的记忆，但我却又深知，妈妈是的确抱过我的——除了妈妈，还有谁抱呢。怀抱，是一个多么柔软的词。带着体温，带着心跳，接通彼此的生命，律动着爱的合奏，向彼此灌注暖流。一个把怀抱给你的人，必定是最爱你的人，最疼你的人。而当你遇到所爱，也总是想去拥抱，对着晚霞，草原，蓝天，那些伸出的双臂，就是拥抱。

因为对怀抱的依恋，我在世间追索寻觅，爱的怀抱，我最信任的地方。比如树的怀抱，它有皮肤，有骨骼，也有血脉，有接通天地的法力，让我有一种安全感，坚定感，和笼罩感，遮蔽风雨，挡住岁月，它具有怀抱的一切元素，在大树的怀抱里，我祈祷。

比如那种野草遍布的山坡，如果你不曾有那么一次，躺在大地的怀抱里，你就永远体会不到地球在转动，阳光怎么落下金色的帷幕。万物生长，人原来是大地的子孙，一直在深厚的怀抱里。

　　比如海的怀抱，最像一个人，呼吸着，拥你在怀，抚摸你，融化你，心潮起伏，爱意澎湃……

　　每个人，都想要一个怀抱。像树木，像草地，像大海一样，柔情似水，浓密又悠远。

　　冬天里回村，走在街上，遇一农妇，枣面历齿，寒风吹，白发如芦花飞。我妈对我说："这是你五婆，你不认识了吗，你小时候，她可抱你了。"

　　我心惊悚，和鲁迅回到阔别二十余年的故乡，听到圆规身材的豆腐西施两手搭在髀间，说"我还抱过你咧"的心情是一样一样的。

　　最近一次与人拥抱是在海边。大排档的桌子都是露天的，撑着帆布伞。看不到海，但海风腥湿，在找座位的时候，忽听有人喊我的名字，接着就把我抱在怀里，我感到，我们的锁骨碰到了一起。

昨夜我做了一个梦

我去旅游。地点很明确，江西。

在江西住了好几天。

我是徒步去江西的。

在江西，江静静地流淌，我站在岸边，岸边有一条公园椅。我就坐在椅子上，看江水。我说这是湘江。他说对。我们说它是什么江就是什么江。江面很宽，水流深缓，两岸植被茂密，全是树木，浓绿的树木。

看了一会儿江水，我们来到山寨，寨子似乎正在搞篝火晚会，有人荡秋千，有人唱歌，有人在围着火堆跳舞，我像从月球上来的人，远远地站着看。

我在江西住了好几天。

早晨七点，我从梦里醒来，风尘仆仆的。

我每夜都做梦。一般都是好几个。这样情节丰满、贯穿整个睡眠的，不多。我的梦内容很丰富，但缺乏想象力，比如没有科幻片、神话片和童话片，也没有魔幻主义，情节颠三倒四，人物有始无终。童年期常做妖怪出没的噩梦，青春期常做溺水的梦，现在多是旅行梦，游山玩水，走马观花等文艺片，偶尔也有暴力片……

所以有些个清晨，万里无云，他们会莫名其妙地接受我的抱歉和忏悔。

我的梦事先没有腹稿，也没有提纲，梦见什么，全凭大脑即兴创作。梦里又有梦，这就使我觉得梦仿佛一座硕大无朋的宫殿，其中深深深几许，九九八十一重门。

梦——

梦——

发财梦。

梦——

梦——

明星梦。

曾经有个厚嘴唇的女生，我和她同学三年。那三年，她天天唱李玲玉的这首《白日梦》，一下课、一张嘴就开始了："昨夜我做了一个梦，梦里变成大富翁，走到西呀走到东，一天到晚忙做梦。梦——梦——发财梦，梦——梦——明星梦……"

她一唱这首歌，我就恶心，我就想说："给老子闭上你那个大厚嘴唇子，真低俗。"

我从来不做白日梦，我的梦都是真的。

我从内心对抗那首歌，抵制那首歌，她唱的时候，我不听，我绝不会唱那种歌。但三年后我还是学会了那首歌，无聊时，一张嘴也唱："昨夜我做了一个梦……"

一个人的时候，我喜欢唱歌。

自己包房唱，站在房间中央，像站在一种彻底自由的人生中，在无人的旷野，远离一切，又走进一切。

一个人的午夜场。

没有一个听众。

没有一阵喝彩。

没有一次掌声。

我是我的歌者，我是我的听众。这是唱歌的最高境界。

投入地，忘我地，沉迷地，倾诉地。

我没有醉。我只是倾吐，像花朵倾吐芬芳，夜色倾吐迷茫。我总是在某段时间酷爱某一首、某一句唱腔，像男人咬着一支香烟一样把它咬在齿间，先是一首关于月亮的歌，后来是一首关于古人程婴的歌，送别的歌。现在就是这首关于咖啡的歌。我上楼梯的时候唱，洗手的时候唱，一个人站在房间中央唱，太高的地方立刻降调，太低的地方立刻升调，忘掉的词就用"啦啦啦啦"代替。我站着唱，走着唱，扭着腰唱，歪着头唱，闭着眼自我迷恋唱，飞身坐上高高的吧台，翘着二郎腿，像《新龙门客栈》里金镶玉那么唱，我唱秋风阵阵，湖水浩荡，唱红尘一笑和你共徘徊……这些歌风格迥异，上一首还在呻吟，下一首便开始怒吼，我把我能想起来的歌都唱了一遍，声音也释放到前所未有的大，我把我的头都唱痛了，把积存一年的力气都用掉了，我只要唱，我并没有醉，我只是感到时光像流水，唱了那么多，却没有一句话能说出万语千言，没有一首歌能唱出万水千山。

一个人的午夜场，我只专注唱歌，那些歌词与旋律，那些悠扬与婉转，那些高昂与低语，小小的房间懂。杏黄的灯盏懂。白色的墙壁懂。

我曾经爱上电脑，因为它不厌其烦，有礼有节，始终对我文质彬彬，殷勤周到，像个绅士、君子，当我离去，它说"再见"，当我到来，它说"欢迎上线"，当我删除，它说"你确定吗？"它那么体贴，那么温存，有求必应。以至于我一度认为，这个世界上，只有电脑对我最好。

但今晚之后，我爱上了黑色的话筒，爱上一个人的午夜场，一个人的曲终人散。

声音是一种致幻剂

第一次接长途电话，电话那头，二十岁出头的小伙子十分惊讶，说："啊！你的声线这样迷人，普通话讲得这样好……"我欣慰地笑了。

其实何止这位小伙子，不少只能听到我的声音的人都建议我去做瑜珈教练或者声讯台的主持，尤其是深夜成人节目。因为这褒奖，我爱上了讲普通话，爱上了尝试用各种声音和各种人煲电话粥。我多么希望每天都会有人给我打几个电话，并且不是咨询、求助、吩咐，而只是和我煲电话粥，并且最好使用普通话。但是我的电话不是很多，平均一天接到的电话数量为"1 个"，平均一天拨出的电话数量为"0.5 个"，就算这样可怜的数字中，也有百分之九十是本地方言通话，不能施展我的声讯热线主持人的才华。终于有一次，论坛里的一名男子自愿与我畅谈，拨通了我的电话，我一看，长途！嘿嘿。果然他说："你的声音很年轻……"我和他推杯换盏说了几句之后，决定当一回幼稚园教师——给他讲故事："狼和小羊碰巧在一条小溪边喝水，狼对小羊说'你为什么到我的溪边来，把水弄脏，害得我不能喝？！'……"这个故事自我小学毕业后就一直没找到表演的机会，这次总算如愿以偿了。

有时我还像《夜宴》里的大王那样，向对方背诵莎士比亚的台词，"是复仇的欲望，帮你穿透了死亡之谷，还是你的寂寞打动了女人的心"、"你贵为皇后，母仪天下，睡觉还蹬被子"……

真的，声音是一种致幻剂，它成本最低，不需要花容月貌，不需要肥马轻裘，只需要美妙的音质和语气，就能成为最最有效的武器，因为话筒紧贴脸庞，仿佛两人亲密耳语，就算打个呵欠，也吹气如兰，更哪堪莺声燕语，怎能不在声音中浮想联翩？

据说十八世纪的人说话，是为了表达观点；十九世纪的人说话是为了消遣；二十一世纪的人说话，只是需要哼哼。

在冬天，从一个人的衣装可以看出一个人的坐骑。

穿短裙、长筒靴、薄外套，不戴帽子、围巾、手套的女人是开轿车的女人；

穿棉袄，戴棉帽子，戴线手套的女人是骑自行车的女人；

穿军大衣，而且反穿，戴头盔、皮手套、护膝、靰鞡靴的女人，是骑摩托车的女人，这类女人目前正在绝迹。

不论哪类女人，我们一直认为自己很年轻。一直不承认在《红楼梦》里，该属于"婆子"的年龄了，在京剧中，该属于"老旦"的年龄了，张口要唱"叫张仪，我的儿听娘教训……"了。

我们以为我们还是青衣，还是当家花旦，樱桃小口说的是："看小姐做出来许多破绽……"

但我们不得不承认，我们虽然不胖，但总是不对劲，眼角深刻了，体形改变了，唯一不肯老的，只有心。光阴似箭呀，光阴就像赵七爷捏起空拳，仿佛握着无形的蛇矛模样，向八一嫂们抢进几步道，"你能抵挡他么！"

但老旦们会安慰自己说"美丽不在外表和年龄，而在气质和修养"。有时老旦们还喜欢回忆年少的时候遭遇过的性骚扰，证明自己年轻过。

我和我的同事阿芳就是在对青春岁月的凭吊中分享了彼此的秘密。阿芳说她在初中的时候，冬天，有个男老师曾经借着给她讲题，摸着她的手背叹道："嗳，你看看这个小手皲的！"

我上中师的时候，一个男教师将我叫到他的办公室，给我看他写的诗，又讲他们夫妇在床上的事情。那时懵懂，不明白他的用意，只是感觉他拍我的臀部的手有点什么想法。幸亏他拍了几下就不拍了，否则我真的不知道，该怎么处理那手。

据说佛家有四种修行的方式，看云。穿水。抱树。对镜。对镜是一种美德，这是佛家的境界。对我来说，对镜则是一件十分悚然的事。

按说，女人照例是爱揽镜的，或者自怜，或者自赏，小青曾告诉我成为美女必须要训练的课程就是，日日对镜媚笑、飞眼、歪头、托腮……把镜子当男人，做出些钩魂摄魄的样子，我觉得十分恐怖，如同镜子沦落风尘。

我是不愿意对镜的。我之所以不愿意对镜，是因为每次对镜，我总对自己无比的怀疑，总是不愿意承认，镜中之人，竟是自己。面对镜子的冷眼旁观，女人是镜子里向后抛的一朵，我在镜子里无法聚拢自己。

镜子能看见秘密，看见隐私，看见最黑暗的角落，尽管它守口如瓶，但那水银的眼睛摄取每一个微妙的细节，因此我处处躲避着镜子。有镜子的商场，我是不去的，有镜子的大厅，我总是贴着墙角蹑手蹑脚地蹭过去，生怕被镜子找到。镜子能帮助你把自己看穿，一个不愿意面对镜子的人，大抵有些可疑。

相当多的女人很讲究镜子的样式。无论是穿衣镜还是梳妆镜都十分的标致，她们也愿意在空间里多多地镶上镜子，确保她们的举手投足都被镜子的快门捕捉下来。而我是只有两面镜子，一面是一块方形玻璃，背面涂了水银，放在洗手间用。一面也还是一块方形玻璃，只不过小一些，边缘锐利，使用的时候，若不仔细，就割了手，放在办公室的抽屉，每一次拉开抽屉，就看到它冷冷的目光。我的镜子们就是这样常常在我要对镜的时候，给我浅浅的伤口和一丝丝痛惜。

从来没有谁告诉我，照镜子其实是一种美德。很小的时候，我曾在晚上玩镜子，被妈妈吓得魂飞魄散，她说："不要在晚上照镜子！千万千万！"虽然妈妈没有说，晚上照镜子的后果，但我于是认为，镜子是不祥的。

这使我对镜子产生了敌意。

但我会在一些不是镜子，却具有镜子功能的东西面前，照看自己，将自己久久打量。它们是大楼的玻璃幕墙、涂了遮光膜的车窗等等，他们使我如此的眉目清晰，带着金属色，冷漠，并且看起来似乎无所用心。这类像镜子一样的东西，最大的错误就是，你看不见里面的人，里面的人可以看见你。一次我选中了一辆黑色的车，它停在大楼的一侧，刚刚被清洗过，挡光玻璃一尘不染，我决定去照照自己，我站在它旁边，张张嘴，看看牙齿，只见窗玻璃无声的摇落，一个男人抽着烟，转头看来……

一直认为，凡高是在镜子的催促下，割着自己的耳朵，镜子不肯替他修补所有的缺陷，凡高只能使那缺陷更加完美。而李白每照一次镜子，头发胡子就白掉一些，忧伤也深重一些。

贾瑞曾经得到一面宝镜，祛病疗伤，清心明目，只是贾瑞那时正患严重的情感性精神病，情海无边，回头是岸，镜子本来可以使他醍醐灌顶，但他在对镜的时候，不是忏悔，而是说出了自己的欲望。

我还无端地觉得，王后的镜子是蛋圆形的，她每天问镜子："镜子，镜子，谁是世界上最美丽的女人？"

所以佛说，要郑重对待对镜这件事。如果能坦然迎接一面镜子的目光，就能正视自己。这是修养的大境界，象征着身似水洗，心如冰清。

厨房里的刀光剑影

林黛玉可以舞剑，但不能舞菜刀。

谁能接受一个厨娘形象的林黛玉？不能。

淑女远庖厨，说的就是这个问题。

当我说我在包包子擀面条时，人们总说："真是贤妻良母啊。"

贤妻良母。做饭是贤妻良母的首要条件么？未必。我所向往的境界是，不洗衣、不做饭。有私人厨子、私人医生、私人裁缝、私人营养师和成群的仆人。

天棚葡萄金鱼缸，肥狗壮丁胖丫头。

在大户人家，贤妻良母是不洗衣服不做饭的，连孩子也是奶妈喂。

我没那种命。举凡庖厨、浆洗、洒扫、生育、喂养等一应事物均需亲历亲为。在我所认识的圈子里，女人们多数都自己洗衣服、自己做饭、自己喂孩子。但总有女人，我认为她们不该握菜刀的。其中就有我的表妹。

我这表妹长得白净细弱，说话细声细气，眉宇中有种忧郁气质，还有一种修女气质。有天她告诉我，她开了一个肉铺。很长一段时间，我无法将肉铺老板娘同表妹的修女形象联系起来。

肉摊一向是我很怕的地方。在那里，大大小小的砍刀、尖刀、锥子、钩子等凶器寒光闪闪，每次经过，心常凛凛。

试想，一头长发，穿着黑色无袖长裙的表妹，踩着细高跟鞋，一手持刀，一手握着磨刀棒发出"当当当"的金属声响，这对她轻愁似的面容实在是一种颠覆。

在我的心目中，表妹这种类型的女子不食人间烟火，不该结婚，不该吃肉。她们应该只吃花朵。

有时我在脑海中模拟遭遇入室盗窃情景，我认为第一个要冲进去的地方，就是厨房，那里是一个烟火之家的冷兵器库。菜刀、斩刀、砍刀、水果刀、剖鱼刀，刀刀要命。随便抽出一把，都削铁如泥。而我第一个要持的，就是菜刀。这是我用的最熟练的刀。多少植物在我的刀下变成块状、片状、丁状、丝状和泥状。

在厨娘的所有业务中，只有擀面条最有盖世女侠的气质——防盗门一样的面板、闪闪发光的刀具，至于擀面杖，多么像少林棍！当然也可以看成是孙行者的金箍棒，或者武松的哨棒。头巾一包，围裙一扎，擀面杖在手里挽上一串棍花，由不得你不眼花缭乱。

擀面条还是个体力活，因为做面条的面要硬，将一团足球一样的面团擀成足球场一样的薄片，靠的全是力气。

擀面条还要考验刀功，面团擀成面片之后，要叠成条状的梯田，然后用刀切成细面条，每一根都得像复制出来的一样。

　　擀面条还是一件很性感的事情。张贤亮的小说《绿化树》，里面写马缨花擀面条，弯着腰用力擀，她的胸前就像有两只大白兔在跳。

有时候，有些人，咫尺即天涯。

你看我们只隔着一条马路，却十七年没有见面。在咖啡馆最安静的角落里，他这样说。我咬着吸管，半天没说话。

对他，我没有太多印象，虽然我们是小学、初中同班同学，并且我们家和他家做了两个世纪的邻居，但他是个内向的男孩，极少说话。

很多时候，我和妹妹和他还有他的姐姐四个人结伴去拾枯树枝。

深冬时节，我们到树林去拣拾被风吹落的枯树枝，下了雪的午后，有时可以拣到金针菇和鸟的尸体。我们把拣到的枯树枝徒手折成短棍，用绳子捆结实，背着，等拣到背不动了，就结伴回家。

上了初中，他越发地瘦高、沉默。他几乎有一米八零，从不惹祸，总是在教室的最后一排坐着，淡然地看着我在教室最前排吵闹、大跳，有时他也帮我。那是一个麦季，父母把场上的麦子交给我，早上摊晒，晚上收仓。一日傍晚，要下雨的样子，黑云沉沉压来，人们都抢着木锨紧张地收麦子，但我人小力单，无法直接用木锨将麦子铲到仓里，只能用头顶着簸箕把麦子往仓子里运,正运得满头满脸粘满了麦粒,只听"唰——唰——"响起木锨的声音，一看，他来了。他用木锨飞快地把麦子往仓子里铲，金黄的麦子扬起一道弧线，唰拉唰拉地落到仓子里。"你妈让你来的吗？"我激动地问。"不是，我才回来，看到你在收麦子。"

后来，他常帮我们收麦子，爹说，他是个好孩子。妈说，干活还得个小子。

后来我们分别就读不同的学校，我们家从村东搬到村北，他们家搬进县城，我们没有再做同学，也没有再做邻居。

"那天在家闲着，翻看同学们给我的信，我发现，你给我的信最多，差不多四天一封，现在我们只隔着一条马路，却十七年没有见面……"他还是那样，平淡的声音，平淡的表情。

我总以为，一个人多年后，会有所改变，其实改变很难。

"是，我是个爱给人写信的人。那时我们还交流水粉静物的画法……"其实我早已不记得我曾写过什么。

"我们那时什么都不懂。弹指之间，这么多年……"他看着自己的咖啡说。

但我想，那时我们不懂的，现在其实也未必懂。

当邻居家的姐弟二人一个学习五弦琴、一个学习书法的时候，我和妹妹是学习女工。没完没了地蹬缝纫机，在一块废旧棉布上走直线，标准是：线要笔直、针脚要均匀。起步时，缝纫机不倒轮子。

更早的时候我还学过针织、面塑等，我的针织作品有：毛衣、毛裤、背心、手套。面塑作品有：枣馄饨、刺猬、燕、元宝、包子、饺子、手擀面。

这些手艺的传授者均是我妈。七八岁时，我妈就致力于培养我们姐妹俩的针线和面食功夫，她给我们姐妹提供竹子削的毛衣针，几段颜色不一的旧毛线，使我如获至宝，走到哪里，织到哪里。我妈给的线很快织完了，就到处找线，地上捡到的也织进去，毛线、尼龙线、棉线甚至麻袋上掉下来的麻线，只要是线，就织进去。

我没完没了地织，究竟织的什么呢——裤腰带。因为什么也不会织，就织这最简单的长条——裤腰带。

那时俺村的女孩子全都在织裤腰带。宽约一两寸，一截红、一截绿、一截黄，黑、白、灰、蓝，无数的颜色，无数段毛线。但我从未见过一个女孩子用这样的裤腰带，她们都像阿玛兰塔一样织了拆，拆了织。和别的女孩子不同的是，我只会起头，不会锁针，别人告诉过我一次方法，也没有学会，于是暗无天日地织、身不由己地织，织到能绕腰部 n 圈了，织到能绕地球一周了……

妹妹做得更专业，因为她后期在针织方面接受过专门的培训，并在长达十年的时间内以这项手艺谋生。在这两项技艺上，她的颠峰状态是：

她能够一个人启动一台大型针织机器，让数百个针头像鸡啄米一样勤奋地工作。她坐在织机旁，看样、打蜡、绕线团，西里西亚的纺织女工一样，忧郁的眼里没有眼泪，饥寒交迫时求祈。"我织，我织！"她终于织得疲乏了，厌倦了与愚妇人没完没了地打交道，于是出去打工了。现在那庞大的织机被装进一个大纸箱，一看到这个箱子，我妈就说："老鼻子钱了。"这让我错觉那不是一箱子废铁，而是一箱子钱。

我偶尔会翻看箱子上的那本厚书，《机织毛衣针法指南》，重温轧轧机杼，妹妹家中到处都是毛线，空气中飘飞着纤维，而我提着红色油漆小桶和羊毛刷子，以妹妹家为中心，在方圆十公里以内，所有村落的墙壁上写："机织毛衣　地址：×××　电话：×××"

这些红色标宋重磅大字很快就引来了工商、税务等部门的执法人员。

我的左半身

以脊椎为中轴线，我们就会得到左半身和右半身，它们对称。我们一生的小心翼翼，都为了使这种健康完美的对称状态保持下去。因为我们看似强壮的肉身其实很脆弱、很脆弱，不能像壁虎那样，在遇难的时候，扔下一条尾巴当作替身。我们不能确切地知道上帝究竟允许壁虎有多少尾巴可以备用，我们只知道，秃尾巴壁虎很快就长出新的尾巴。

我们没有替身，没有可用替换的备用肢体，连尾巴都没有。

但是我们常常会看到人体局部，比如在针织衫店看到上半身，在裤装店看到下半身，在袜店看到左腿，或者右腿，在鞋店、袜店看到脚，在手套摊看到手，在帽子店看到头，在性用品店看到"那东西"，在解剖教室看到骨骼、脉络、器官……但是我没有看到哪里陈列着左半身，或者右半身，或者一张人体的纵剖图。

最早有了左半身这个概念的时候，是因为我搭了一次车。那是秋天，大人都在地里收拾庄稼，七岁的我执意要去远行，那时我以为只有向北才能走出村子。面向东方，伸出左手，就可以找到北了。

走着走着，身边经过一辆马车——那时我们村有二十四辆马车，车夫甩着鞭子，轻轻吆喝着两匹马——我们村的马都是两匹两匹地在村路上并行。

车是空车，趁着车夫不注意，一跃，恰恰坐在车屁股上，两条腿随着马蹄子"吧哒、吧哒"的节奏前后晃悠。

马车走到一处地头停下来，我下车时，一脚踩空，摔入路边的灌溉渠，跌伤了左腿，瘸了很久。

我相信有些磨难在少年或者更早就埋下伏笔。二十年后我躺在手术床上，被切开左半身。手术师从我的背后下刀，切到小腹，只剩下右半身连着，头上的无影灯像九个手电筒居心巨测地看着我，我那些从不曾示人的肾脏、大肠、小肠、肋骨……都在空气中尴尬地暴露了，生死关头，我的右半身肝胆相照，左半身心潮起伏。

五个小时后，我的左半身有了一条黄金分割线。我一直拒绝看伤口，却极想看看被取下来的肋骨。手术师说："有什么好看，和猪排羊排是一样的。"

怎么会呢？人的肋骨大抵有些传奇，至少我的应该与众不同。

素描课上学解剖的时候，我知道人的骨骼是左右轴对称的，而我的左半身不肯与右半身对称，因此，我是残缺的。这件事使我一直耿耿于怀。

缝缝补补，拆拆装装之后，我被完整地拼凑起来，使我能像以前那样将一件美丽的衣服恰到好处地充满。

你常问我为什么喜欢穿着有两个口袋的衣裳，我一直都没有给你答案。

人们告诫我，要把金钱放在左边衣袋，把良心放在右边衣袋，人在旅途，要不停地摸摸左边，再摸摸右边，都不要丢了。

我的衣袋不放金钱和良心。

我把你对我的爱放在左边衣袋，把我对你的爱放在右边衣袋，这样，在我行走、奔跑，甚至单腿站立的时候，都能轻松快乐地找到生命的重心。

大浴女

　　每次去公共浴池，总有进毒气室的感觉。屋内雾汽蒸腾，人影憧憧，所有的毛孔都在冒气。几乎找不到二十岁左右的姑娘，除了吱哇乱叫的小孩，就是中老年妇女。

　　只有一次看到一个十五岁的少女，她像一枝小荷站在雨水中。她在热气里变得粉红，看不到一粒色素，一根汗毛，甚至连胎记都没有。她刚发育，纯洁的胸，深藏幽闺。

　　她弯腰洗头发的姿势好看。

　　她往脖子上涂沐浴液的姿势好看。

　　她把头发盘起来的姿势好看。

　　她整个就是安格尔画的那种少女。

　　而青春既去，体表的流线改变方向，我多想拥有一件鸟那样的羽衣，或者老虎那样的毛皮，那样我就可以随随便便在湖里洗个澡。

　　搓澡的大抵是肥壮的妇人，被搓的大抵也是肥壮的妇人，白白的肉体往那个胶皮床上一堆，再一铺开，摆出死驴不怕狼啃的姿势。搓澡妇人就开始发力了，她搓啊、推啊、捏啊、拍啊，像洗一床毯子。

被搓的妇人微微闭了眼，仰卧、侧卧、俯卧，很受用的样子。我只觉得被搓完的女人体，变得宽大。

我的一位女友就喜欢这种按摩，还喜欢拔罐，有次她向我炫耀她的后背，两排大紫圈，像被雷打了。

搓澡工也无非是一种悲观的职业。但她毫不绝望，昂首挺胸地站在床边，"五元一位！"

她把毛巾抛起来，接住，提起一桶水"哗啦——！"泼到床上，再用毛巾"啪唧、啪唧"洗。

每次走过她身边，我都快速溜走，我很怕她一只大手把我抓到那张床上去。

不过我还是希望能像她们一样接受搓澡服务，每次我都鼓励自己：脱掉衣裳，浸泡、热身，拧紧每一个关节，勇敢地躺到那床上，说：开始。

我的音乐教育

我的音乐教育是我妈完成的。

我爹安静，从不大声说话。我妈不，大声笑，大声骂，大声打喷嚏，是我们家动静的主要和重要来源。

我妈绣花的时候爱教我唱歌，《听妈妈讲那过去的事情》《小鸟在前面带路》《我爱北京天安门》等。她自己也唱。一个人绣花的时候就独唱，小蜜蜂似的哼曲儿，几个妇女一起绣花就小合唱，她们中有大姑娘，有小媳妇，俯在绣花撑子上，微低了面，看着玫瑰花、牡丹花唱，针线穿梭，她们的胳膊此起彼伏地落下、扬起，指尖捏着针，仿佛在指挥。

她们唱《洪湖水浪打浪》《珊瑚颂》《红梅赞》，她们说话的声音又高又直，但唱歌时她们会换成另一种声音，温柔的、美丽的声音。有时商量一起唱哪一首，有时一起学唱某一首新歌，有时宁静的夏日午后，忽然有人起个头，其他人就很默契地接上，忽然又一起停了，只听到针穿过丝绢的声音，提线的声音，银色小剪刀的声音，夏日里蝉鸣的声音。七〇后的我就这样跟着四〇后听会了六十年代的许多歌。

小学没有专业音乐教师，由其他科目老师兼课，到了三年级，终于有了音乐教师，但我觉得他也不专业，因为没有听他唱过歌。他不按教材上音乐课，用录音机教我们唱流行歌，《红牡丹》《牧羊曲》《妹妹找哥泪花流》。老师是个年轻小伙子，留着时髦的小胡须。我那时情窦初开，对男老师很感兴趣，他教的歌我都学得很卖力。

初中时，体育老师兼任音乐老师。这老师也不专业，但他热爱音乐，会拉二胡，这在八十年代的乡村中学，算是有才艺的了。他也不按教材教，教我们唱《塞北的雪》《在希望的田野上》《路在脚下》《木棉袈裟》《万里长城永不倒》《上海滩》《万水千山总是情》《角落之歌》，我觉得《角落之歌》最不好听，但是体育老师最爱唱，每次上课都要先唱一次：

"谁知道角落这个地方，爱情已将他久久遗忘……"

虽然音乐课是边缘课，但他很认真，把歌刻成钢板，印在粉连纸上，有词有谱，词作者和谱作者的名字都不缺，人手一份，整个初中下来，歌词钉成一大本。

中师时终于有了专业音乐老师，上真正的音乐课，学习乐理，休止符，四分三拍，D 调、E 调，老师要求每人都要有一样乐器，无意于此的同学都买口琴应付，我就买只口琴瞎吹……

音乐鉴赏课如牛听琴，华彩段、咏叹调，《放马山歌》《采花》《秋收》《刨洋芋》这些著名的民歌在我听来并不美妙，尤其是《刨洋芋》，"土溜溜的蚂蚱，满呀满地爬。举起那个镢头，我们来把洋芋挖。"这样的调子，这样的歌词能叫音乐吗？有什么艺术和美呢？只喜欢一首《嘎达梅林》：

南方飞来的小鸿雁啊，

不落长江不呀不起。

反抗王爷的嘎达梅林，

是为了蒙古人民的幸福……

旋律中仿佛有一片草原，原来那就是长调的氛围。

课余时间唱童安格、罗大佑、潘美辰们。

我回头凝望寂寞的路旁，

再投下一眼最后的期盼，

依然不见你步履蹁跹，

为我伸出告别的手……

正是为赋新诗强说愁的年纪，对那些华丽的歌词无比痴迷。

毕业后，我的音乐教育中断。

一九九七年，去山东师范大学参加美术培训，返回时已逼近年关，硬座车厢里，绝大部分是参加美术和音乐培训的教师们，来自全省各中小学的年轻教师。大家归心似箭。夜深，人声渐低，车厢静了，车轮与铁轨一下一下撞击着每一个人的梦乡。

> 土溜溜的蚂蚱，
>
> 满呀满地爬。
>
> 举起那个镢头，
>
> 我们来把洋芋挖……

有个女教师轻轻唱起《刨洋芋》，啊，那首我曾认为很难听的民间小调居然如此动人，像春风拂过，送来鞭炮的钝响和幽微的火药香气……

冻伤

"我要穿裙子。"冬天来的时候，我给妹妹发出这样一条短信。

"又是裙子！我说了一百遍了，冬天穿裙子冻腿！"妹妹回复。

我在三伏天出生，所以怕冷。妹妹在三九天出生，照样怕冷。每次冬天要来，我俩提前几个月就开始打冷战。

我对妹妹说，如果有一天我会死去，一定是冻死的。

二十年前的冬天白得耀眼，水塘的冰又厚又硬。我和妹妹在水塘上溜冰的时候，一转头，妹妹不见了。冰上不知道什么时候出现一个缸口大的窟窿，那是有人捉鱼砸的窟窿。厚厚的断层下，水是平静的乌蓝，像个深渊。

我骇然，大声喊："妹！"妹妹就从窟窿里探出头来，短短的头发顺着她小小的脸流下来，"姐！"她说，两手抓住冰层，嘴唇和水一样乌蓝，我正要伸出手去，只听"吱——吱吱——喀嚓！"妹妹抓住的冰断裂，她又沉下去了。

七岁的我只觉得棉袄、棉裤好像也灌进冰凉的水，手脚僵住，无法挪步，呆呆看着妹妹又抓住冰层，像一只冻僵的小蚕，慢慢地蠕动着，终于爬上冰来。

我和妹妹于是被冻伤。她再不敢去塘上溜冰，不敢听冰块断裂的声音。夏天来的时候她甚至不敢去潜水，"把头部淹没在水中的感觉就像不在人间，姐。"她窒息着说。而我，看到窟窿总想跳下去，看到水总想把头埋进去，我实在想经历一次妹妹那样的挣扎，置之死地而后生。

我们一起怕冷，冷极了的时候，心收缩成一枚核桃，好像一只手在慢慢攥紧，很痛，手脚常常冰凉麻木，留下斑斑点点的冻伤。

曾经看到一个治疗畏冷的方子，说是每天早晨空腹喝酒，黄酒，用姜片和大枣煮。我于是如法炮制，给我们姊妹俩舒筋活血。确是很灵，一上午全身都热气流动，我和妹妹醺然微醉，两颊粉红，眼神迷离地看着对方说："妹，姐醉了，玉山倾倒难再扶。"

后来我们俩又试水洗法。淋浴的时候不将冷水与热水混合，而是一会儿冷水，一会儿热水，来增强血液循环。冷水兜头浇下来，我和妹妹像两头小兽尖叫……

我常爱慕地看着晶亮的水珠，洒在妹妹的脸上，在她的颈项间汇成水流，顺着身体滑下去。诗人说，桃花一开就是十八岁。那时妹妹刚刚长成美丽的身体，她的衣服上成排的白色小纽扣。

只有我知道，妹妹的四肢在月色下闪着淡紫蔷薇的光，那时我总以为，如果世界是两个人的，那么就是我和妹妹。

后来我们一起出去读书。周末的晚上，我们去吃拉面，倒上许多辣椒粉，一碗下去，鼻尖上吐出细细的汗粒。那时年少要装淑女，吃多了怕人笑，我和妹妹通常是在这家吃了一碗，消消汗，再去另一家吃一碗。

那个周六晚上下着雪，我像往常一样去找妹妹吃拉面。同室的人说，她和男朋友出去了。

这是我第一次没有找到她。

坐在她的床上等她的时候，我翻她的东西看，她收集的卡片，她的衣服，我们有很多衣服是一样的。翻到一个暖水袋，就抱在怀里。

雪就大了起来。室外温度已是零下，我的温度正在下降，妹妹在三十七度以上，那是她爱情的温度。

"姐，你说什么是爱情？"抱着妹妹的暖水袋，我想起妹妹上周曾经这样问我，一脸的幸福。她的问题，看似是一个疑问句，其实不需要我回答。

在我的怀里，暖水袋给我温暖，手脚慢慢痛痒起来，那是旧年的冻伤。

走出妹妹的住处，一脚踏进雪中，我没有去吃拉面，当体内的热量一点点在寂寞的归途中散尽，妹妹，那是你冻伤的姐姐。

自从我买了一双雨靴，天就没下雨。都快俩月了。前几天终于阴了，我赶紧把雨靴找出来，供在窗台上，等着下雨，只求来几个雨星儿，地皮还没湿遍就晴天了，太阳就出来了。太阳出来的时候，我穿上雨靴，在办公室里走。

多好的雨靴，漂亮的雨靴，什么时候能下雨呢？

小时候没有鞋穿，夏天赤脚，也不爱穿鞋，老坏。那时只有布鞋，穿不几天就露脚指头，还要老刷。尤其是白运动鞋。一出汗就泛黄，刷了还要涂上鞋粉，穿上后，一跺脚，一团白雾。

打理这种鞋，太需要耐心。

凉鞋只有塑料的，穿上就断，用烧红的锯条粘在一起。再穿，又断了。

我妈说，给你个铁鞋你也能穿碎它！

所以，我经常赤脚。

赤脚走路、跑跳、赶鸡、过河……至于下雨，更没有鞋。遇到父母心情好，把他们的水鞋赏给你穿，那种水鞋，黑色的，塑料的，一次成型的，都是男劳力穿着出粪的，非常简陋，而且丑。

　　过去关于鞋的不那么好的记忆长久地控制了我，使我成了一个买鞋控，不停地买鞋、买鞋、买鞋，成为我治愈物质缺乏岁月的一种心理补偿方式。打开鞋柜，终于应有尽有，想穿什么鞋，就有什么鞋了。

　　但那一天，我蓦地发现缺一双雨靴，那只为雨天诞生的美丽单品。

　　那天，我在一片栎树林中，亲历五月唯一的一场雨，雨势不大，风是斜着的，我的运动鞋很快湿透，雨水渐渐湿了裤脚、裤腿，过了膝盖。鞋里灌满了水。听着雨滴急切敲打伞的声音，我就想，得买双雨靴。我居然没有一双自己的雨靴。我买了那么多鞋，却没买过一双雨靴。

　　雨靴买来了，橙黄色，两朵金盏菊似的好看，同事说，你买雨靴干什么？怎么还用着雨靴？我说，踩水。我想下雨的时候去踩水，用一双美丽的雨靴，表达对雨的欢喜，对雨的爱恋。对雨的欣赏。

　　雨靴不是劳动装，雨靴是只为雨天诞生的美丽单品，是用来装饰雨季的，是用来感受雨的，穿着雨靴走进各种各样的雨，像小针样的雨，从侧面下的雨，瓢泼的雨甚至倾盆的雨，渭城朝雨，巴山夜雨……

我能笑。我能放声便笑，声震林木，响遍行云。

当然这是从前的事情了。

我小时候就能笑，和我妹妹俩赛着伴儿地笑。坐在抬筐里笑，蒙在被子里笑，看见行人走得快也笑，看见脖子不长毛的母鸡也笑，什么都没看见也还是笑。那时我不知道卡夫卡，不知道卡夫卡关于笑声太响会惊醒隔壁房间的哭声的说法，所以我总是笑得毫不节制，笑得在炕上打滚儿。我和我妹妹都能笑，笑的声音都特别响，持续时间都特别长，像一串小炮仗，"咯咯咯咯咯咯咯咯……"

结果呢，总是吃苦头。因为我们俩扎一堆儿就笑，笑得莫明其妙，笑得我妈头皮发炸，就骂我们，我俩的笑声就低下去，再骂，就憋着。憋得很痛苦，身子筛糠一般地抖，胸腔里发出"咕咕咕咕"的声音。这时，就会有笤帚砸过来，我们俩又放声哭起来。

乐极生悲，是我最先得到深刻体验的成语。后来当我哪一天爆笑一场之后，总是十分心虚，觉得不祥，心里就"菩萨"、"上帝"地乱求一番。可见，过分地笑，是对快乐的透支。

尽管如此，我并没有有意地节制过我的笑。但我的能笑，似乎的确是大幅度减少，甚至于无。我想不起离我最近的一次大笑是什么时候，是春天时看一篇文章？那次确是笑得一头拱在被子里，又一头撞在枕头上，但那算吗？要不就是去年冬天与妹妹同乘一辆车，在车上说起我们村一农妇炫耀她吃海参的事情而笑得差点把车顶掀翻了？似乎也不是。我真的似乎很久没笑过了，我失去了笑的能力。

倒是常常发生让我哭的事情——天灾。人祸。沉重。辛酸。难。难。难。

我记得从前，俺村的人也能笑，在地里干活的时候笑，看电影《瞧这一家子》《真是烦死人》，全村的人都笑，坐在长条凳子上笑，笑得长条凳子都劈了。现在俺村的人也不笑了，就算照相也不笑。我曾经得以近距离地、大量地、集中地观察俺村人的脸，那是俺村人的身份证照片。这些照片给人的第一感觉就是，苍老。他们的年龄绝大多数在五十岁以上，看不到一张年轻的脸。这些沟壑深重的脸，或者红黑，或者黄黑，有的下巴挂着，都没有笑影儿。不论男女，雷同的表情有一种仿佛被遗传和继承了的悲苦。据说这是盛世，没有饥饿，没有屠戮，但为何他们都锁着眉头，像顶着烈日。

一个寓言的字

最近，我喜欢说"瞎"这个字。

比如有人打电话问我："在干什么？"

如果在做事，我就说："瞎忙。"

如果在逛街，我就说："瞎逛。"

如果在看新闻，我就说："瞎看。"

如果在聊天，我就说："瞎掰。"

如果在思考，我就说："瞎寻思。"

如果在笑，我就说："瞎欢喜。"

如果在写东西，我就说："瞎写。"

如果在捣鼓照相机，我就说："瞎折腾。"

如果在出风头，我就说："瞎得瑟。"

如果在议论时政，我就说："瞎操心。"

瞎，一个多么奇妙的字！

一个只有闭上眼睛才能看到的字。

一个哲学的字。

一个寓言的字。

我所说的瞎，实在是一种精神上的残疾，形容糊涂，不明事理；形容盲目地、胡乱地言行；形容没头没脑，胡搅蛮缠。此前我总认为我是明白的、透彻的，有明确的方向，有成形的看法，有清晰的活法，但随着年龄的增长，我越来越糊涂了，很多概念被颠覆，比如从前我认为天是蓝的，现在看来并不是；从前我认为总有人是无辜的，现在看来不一定；从前我认为正确的一切，现在看来全有破绽。

一切好像需要重新定性，但我不知道真理在哪里，或许真理被碎片化了，每个人都拽着一点真理说那是全部，我走路想、吃饭想、睡觉想，想得头发都分叉了。

我曾有一颗童心，保持些许童真，但我觉得，我正在失去。更为悲哀的是，本该是不惑的年纪，我却越来越迷茫。从前，我没有什么可以疑惑的，没有什么要问的，我一直认为我了解一切，我看到的，就是整个世界，从不怀疑，对什么都信任。但现在，我失去了是非标准，不知道什么是对，什么是错，我知道对错之间没有刀切似的界限，但现在，大是大非我也搞不懂了。一个人追求什么才是正确的？怎样的幸福才值得崇敬？一个人的价值体现在哪里？怎样的人格才趋近完美？

眼看他起朱楼，眼看他宴宾客，眼看他楼塌了，这个世界的浮光掠影，以我的视力很难看清，我只看到车水马龙，每个人都行色匆匆，只有那扶杖前行的盲人，以心为眼，步步为营。

一

我握着一只鸡蛋，对它吹气，对它划圆圈，口中念念有词："天灵灵地灵灵王母娘娘你快现形……"后来一想，我是不信王母娘娘的。于是又念："祖母帮我，祖父帮我……"可是他们去世许多年，能听到我的呼唤吗？

二

我决定不借助神灵，我要自己把鸡蛋立起来。

这是一只生鸡蛋，一只普通的鸡蛋，我要让它立在玻璃上。因为有人说，这是一个很玄妙的法术，立的时候，要低唤死去的亲人的名字，要向他们求助，要祈祷和祝福。如果你说对了死者的名字和他的心事，鸡蛋就会立起来，所求助的事情就会迎刃而解。比如为一个腹痛的孩子求乞，孩子就会不治自愈。为一只走失的家禽求乞，家禽就会迷途知返。

总之，很灵的。如果鸡蛋立起来。不过最好是春分或者秋分这天立。

目前，我没什么可求乞的，我所求乞的就是，让鸡蛋立住。我要求证一下，究竟有没有神？

我用小头立了一天。全失败了。

三

科学的说法是，鸡蛋是可以立起来的。不论大头小头。也不论春分秋分，一年中的任何一天，一天中的任何时刻都可以立鸡蛋。鸡蛋的立起来，既非神灵护持，也不是精诚所致，而是通过地心引力。

我不喜欢这种解释。

四

我宁愿相信有人真的能够通过鸡蛋这个法器与神灵对话。鸡蛋，如此洗练、周全的造型，封存着一个完整的生命，通过无数肉眼凡胎所看不到的小孔呼吸，它有心跳、有腹语、有能量、有听觉。也许真的有逝者的灵魂寄居于此，所以一切物体都可通灵，一切人都是魔法师。

比如纸牌、竹签、硬币，或者一本字典什么的，迷茫无助的人，可以拜托它们向神灵求助，从而获得救援。

比如在商朝，人们掌握了通过龟壳与神灵对话的方法。将卜问的事情书写在龟壳上，用一根灼热的针刺向龟壳，高温使龟壳裂缝，那些裂缝的走向就是神给出的答案。进行占卜者一般是皇室人员，而解读这些裂缝的人都是诗人，因为他们语言凝练、神秘、权威。

龟从，筮从，卿士从，庶民从，则大吉。庶民逆、卿士逆，而龟从筮从，则从。

据说在非洲某些地区，占卜者是一些女巫，她们收集牙齿、骨头等乱七八糟的东西，装进一个袋子里，由女巫摇晃袋子，问卜的人把袋子里的东西倒出来，女巫通过分析物件彼此之间的关系和角度，来获得答案。

我觉得太有趣了，神一定是个小孩子，总是通过一些富有童趣的游戏来暗示我们，但我们都以天真为耻，没有参与其中，因此不能获得机密。

五

人类学家施特劳斯说，世界上有三门最崇高的知识，即数学、音乐和人类学，数学和音乐是通神的，人类学通向我们自己。我因此买了一本《忧郁的热带》，在那本书里，我没有找到人类，只是找到很多土著。或许那是真的人类。

数学和音乐于我，都有障碍。我于是对数学家和音乐家有了朝拜的感觉，因为他们是一些与神灵相通的人。

我的母亲是通过咒骂来与神灵对话的。我记得我小时候某天突然腹痛，向母亲诉说，我妈突然望空高声骂道："你些 X 养的！我烧水屠戮屠戮你些 × 养的！"这使我毛骨悚然，忘记了腹痛。

我三婶通过她错乱的大脑和恍惚的表情与神灵对话。她认为神是一种毛皮动物，住在墙缝里，看不见形影，却在院子里留下猫蹄状的脚印。神在破坏。在盗取。在偷袭。

她买了很多锁。但更多的东西被打开。

我还见过一个妇人通过自己的脉搏和心跳与神灵对话，她拿着一个箩筐，箩筐上有针，针在面板薄薄的一层面粉上蚁行。根据所行的线段，她告诉求神者，天遂人愿。

我想，这是一句善意的谎言。

女人是不是更有巫性？

女人更容易与神灵相通，与神灵对话吗？

六

从石器时代一直到网络时代，人类的心智并没有进化，甚至在某些方面有些退步。比如听觉、视觉和感觉的大幅减退，与神灵和大自然对话的能力则更荡然无存。在我们还是灵长目的时候，新生婴儿的两手可以抓住母亲的腹部而不掉落，现在的新生婴儿，不知是否还具备这种能力。在我们还是灵长目的时候，不借助中医，我们也能辨识林野中，哪些草木可以疗伤，甚至能根据某一天阳光的亮度预测翌年雨水的丰沛，而提前安排狩猎、稼穑，在科技发达的今天，这些能力都消失了，除了借助手机，我们已经不会说话了；除了借助车辆，我们已经不会行走了；除了借助耳麦，我们已经不能欣赏音乐了。

但有一种习惯，与古人类相同，那就是现代人类仍然相信有超自然的生灵统治着自己的生命，只要奉行正确的仪式、念诵正确的符咒或是供奉有动物尸体的祭品，就能影响事情发生的程度，比如婚姻的聚散、生意的胜败等等。

这个幸存的习惯，使人感到这个世界目前还是安全的。只要相信有神，那么人类就有救。

七

我不信有神，但我照样有大恐惧。我总想，这个世界，所谓妖精、魔鬼、神灵，其实都是人。他人即地狱。每个人都是自己的魔鬼，也是别人的魔鬼；每个人都是自己的神，也是别人的神。

我有时任自己是魔鬼，浮出黑色的冷笑，有时又悲悯如神，飘升于三千界上，只见满眼中清妙境。尔卜尔筮，神却只是微笑。

据说西藏的风俗是，无论你与对方多么亲密，都不要把手放到他的肩头，因为那里是神居之所。真好，想想一个人的肩头有神踞守，有神护持，是多么虔诚而单纯的生命。

哦吗哩吗哩呗呗哄。

神居何所？神有所居。

时间走，我不走

"你在哪里？忙不忙？好无聊，我想和你说话。"接女友打来的电话时，我正在狂翻报纸。我说："不忙，没事，你说。"

然而她并无事，她只是无聊。她说真没意思啊，闲死了，无聊死了，人生太漫长，岁月无尽头，怎么打发哪。问我怎样打发时间的，还有几个女友，她们一无聊就给我打电话。其实我觉得，没有比我更无聊的人了，无聊到去翻阅强奸案卷宗。翻阅之后，喟然长叹，这个世界上最无聊的人真不是我，是强奸案卷宗里的那些男男女女，剧情平庸，一点意思没有。

为了打发时间，女友夫妇先是每周去K歌，她先生唱歌极好，她虽然跑调，但是声音凄厉，不管什么歌她都唱得惊天地泣鬼神。于是她先生誓要把她打造成中国的苏珊大妈，每日苦练唱功。后来不去KTV折腾了，开始攻读《古文观止》，她先生是个大学中文教授，她也是八十年代毕业的中文系女大学生，这真是人间佳话，我甚至羡慕嫉妒恨地想象他们像宝二爷和林妹妹比肩共读《西厢记》的情形，并和她预约哪天她先生讲课，我去旁听。但我终于没有听到《古文观止》，她又开始跳广场舞了。他们还制定了一个休闲娱乐计划：每周喝咖啡一次，每周住旅馆一次，每周下馆子一次等等，然而计划周密，招数用尽，还是没有把她的时间用完，让我给她支招。我有什么招，我无聊的时候，也是呵欠连天。看书，但不论看什么书，都好像没意义。我不用做题，也不用高考，看书有什么用呢？养花，种肉肉，九〇后的小同事送我一盆迷你小花，说是养到开花会很有成就感，我听了无尽悲哀，唉，我的成就感也就土豆那么大的一盆花了。雪后访友，朋友搬了新办公室，混上了电梯和床，办公室堪比会议室！而且还在淘宝！还在和卖家打嘴仗，跟卖家生气！无聊不无聊啊你，跟陌生人生气。看新闻网站的跟帖评论吧，他们谩骂、攻击，这世界上无聊的人真多啊。我还是一页页看下去，因为我只有时间。很多人都只有时间了。只有时间在跑。我们坐着，躺着，一动不动，人生旅途已经进行了百分之多少我并不知道，也不想知道。

一天过去，一年过去，新的一年来临，但一切似乎没什么不同。

步行街每天依旧飘着糖炒栗子的香味；

福尔佳商场的电梯依旧脏，依旧在落地时哆嗦几下；

每天晚上七点，依旧有一架飞机自西向东像流星划过夜空；

过年依旧要写"张灯结彩迎新春"的新闻；

每天依旧重复雷同度为百分之九十以上的生活……

去年是这样，今年也可能是这样，希望这样。因为有一种雷同的生活，你想永远重复下去是奢求，就像有一种幸福，是行到中庭数花朵，去年天气旧亭台的百无聊赖。时间走，我不走，这世界沧海桑田，而我青春永驻。新的时光里，如果还能像去年那样沐浴着冬日暖阳，在键盘上弹奏如歌的行板，每天傍晚六点，还能准时倒立在瑜伽馆的墙上，春天还能和旧朋友去老地方摘樱桃，某个白雪皑皑的下午，还会去翻阅强奸案卷宗，如果新的一年有什么祝愿，这就是我的祝愿。

弱水三千，取一瓢

这只瓢放了好长时间了，我时常拿起来仔细欣赏它。刚成熟那会儿，它的身子由浅绿变成了淡黄，散发着强烈的瓜的香味。这会儿它被晒干了，摇一摇，里面有种子"哗哗"地喧响，它们已无法容忍太长久的黑暗，可我始终舍不得锯开它。

那一年的夏天，雨水调匀，在蔓上脱颖而出。

那是一段老墙。旧时砌墙少有水泥抹缝，也没有打凿规则的石头，不过是把从山里拾来的石头，就着本身的形状，因势成墙。因此，墙面有着不规则的折线连成的几何形纹样，勾勒成趣，每一根线条都相似，却又绝不雷同，不像现在的墙，一片空白一片迷惘，像没有表情的脸。蔓上的许多葫芦都倚在墙上，慵懒而惬意地舒展着。唯有这只葫芦就那么吊着，不依不靠，保持着令人惊悸的高度，伸手而不能及。这样的葫芦并不多，往往寻遍好几株藤蔓也找不到一只这么固执、任性的葫芦。

其实降生何方，谁都不能选择，不仅仅是葫芦。

　　几个月里，它就这么一直只有牵挂没有束缚地生长着。当别的葫芦因为倚靠的缘故长成了歪瓜，它却越来越丰满、圆硕，让人一看到它就想用手托着，生怕它会因为承受不住生命之重而俯冲下来。但它一直不落，始终俯视着那些为它担忧的眼睛。

　　这只葫芦日臻完美，从外皮到形状没有一点擦伤、挤压，淡绿的表皮有一种逼人的冰冷。它成熟了。在我用剪刀剪断它的藤蔓的那一刻，觉得自己像在接生一个圣洁的婴儿，剪断脐带。

　　天色晦暗，远处有酿雨的云缓步移动。葫芦静静地，兀自吞吐着氤氲之气，我找来水粉颜料和笔，决定开始画葫芦。

　　画葫芦的目的，是让它更像一只葫芦。

　　以它的形状最宜画脸谱，或者画遥远的古人类，带着图腾的意味和色彩。让葫芦获得这样的诠释从而产生灵魂，与葫芦游离，与画者相击，在琢磨之中能感受到所要表达的东西却又不能一一说出……这样想着，颜色已在葫芦上一块块铺开来。

　　雨落下来，溅在玻璃窗上，像无数碎裂的泪滴，像葫芦经历过的许多场雨。雨落下的高度比葫芦还要高，葫芦的身上看不到雨落下的地方，是哪一场雨洗去了葫芦的绿色，又是哪一日突来的霜降使葫芦坚强起来。

　　厚厚的颜色落在坚硬的葫芦上，掩盖了葫芦，使它不露一点声色。此时，我坚信色块与线条就是它的词汇。

　　我把这只葫芦放在书橱里，居然和书交相辉映，毫不逊色，也不胆怯，好像它在继续生长。

狼的心总是向着森林

整理抽屉的时候发现一幅照片。很古老的黑白照片，边缘刻成月牙状的花边，上面是一只狗。算来这狗已经死去三十年了，反面题写的一副挽联使我失声笑起来："爱犬瞑慧目，悲歌恸我心。"

照片上的狗气质平庸，是农村常见的草狗，并无甚高贵血统。它是我养的第一个宠物，记得它毛色金黄，体型比我还大，来了人就狂吠。我给它起了个名字叫"雄黄"，因为喜爱，就给它照了这幅免冠近照。

我努力训练雄黄，教它叼东西、转圈儿、作揖。夜里它挣脱绳索出去大约是吃了死老鼠，天亮时肚子痛得在院子打滚，很快便死了。其时妈正管着厨务，而狗恰恰死了，尽管我痛悔不已拒绝吃，但她未必不和在饭菜里，暗暗给我吃。在给狗的遗照题诗的时候我大约已是吃了自己心爱的雄黄。

读中师的时候得到一只做试验用的白鼠，我把它养在一只木盒中放到书桌里，上素描课的时候我打开给同学们看，他们纷纷用"啊！啊哈！"的叹词表示惊奇，我便给白鼠取名叫"啊哈"。每次给它馒头的时候我都说："啊哈！开饭了！"

这个名字注定它给我的总是惊奇。"啊哈"不久就把木盒咬穿，并把一本厚厚的《芥子园画谱》咬穿一个窟窿。《画谱》中间的大洞使我懊恼无比，当晚便把"啊哈"送到花圃里遗弃了。后来同学说看到"啊哈"死在花圃里，我赶去看时，它小小的遗体僵硬并且灰白，我把它埋在一株牡丹花下面。

后来对猫无比热爱。石楼闲睡鹤，锦阘暖亲猫。林黛玉养的那只猫大约是波斯种，青灯照壁，冷雨敲窗，若世间还有些许温暖，也只在她和猫的逗弄玩耍之间了。

我养的猫叫"阿随"，但是它并不随着我屁颠屁颠地跑，它毛色黑白相间，是乡间常见的狸猫。狗那东西太大了显得咄咄逼人，太小了又谄媚无比，倒是猫的妖媚令人又爱又恨。狗说白了不过是一介武夫，常常有勇无谋，猫则身手不凡，它白天只是睡觉、打呼噜、念咒，偶尔也走猫步，月黑风高之时则像佐罗一样飞檐走壁，在落了微霜的屋顶留下一串串梅花。人们说养猫的人都是巫婆，也不无道理，《人鬼情未了》中，猫可通灵，知道你的一切隐私，所以猫这东西，少有人爱。

阿随是在一个夏日的傍晚没有的，那天它挣脱我的抚摸，伸了一个长长的懒腰，然后爬上梧桐树，隐入浓密的树冠，再也没有下来。我常常疑心阿随是一直爬到天上去了。以后每看到梧桐树都忍不住站在树下仰望，希望能够爬下一只阿随。

刀郎是螳螂在乡下的名字。

夏天，刀郎安静地站在草叶上，把淡绿的百褶裙折叠得非常整齐，藏在翠绿的外套下面，两条镰刀样的前腿折叠在胸前，做出西施捧心的小姿势，起飞的时候，百褶裙打开，像一道绿色的光。

我怀疑很多农用机械都仿照昆虫的样子来制造。比如 195 拖拉机像一只山地蚂蚱，手扶拖拉机就是一只巨大的刀郎，当它拐弯的时候，长长的铁杆扶手与机身形成九十度角，很像刀郎傲慢地转动小小的三角头颅，两只复眼车灯一样闪亮。

有一年秋天，我从山中带回一枚刀郎的卵鞘，放在向南的窗台上，人们说，它可以治疗尿床。

第二年春天，有阳光的中午，无意中发现窗台似乎在动，凑近一看，无数蚂蚁一样的虫子从卵鞘里爬出来，涂满了整个窗台。它们密密层层，跌跌撞撞，纷纷举起武器，向我砍过来——刀郎！

后来，我知道，刀郎是一个歌手的名字。

　　藏刀是县城第一个听刀郎的歌的人，因为他不是本地人。他的音箱里，有人唱《花儿为什么这样红》，声音像沙丘一样被风缓缓推动，藏刀说，这是刀郎唱的。我说没听说有刀郎这么个人，刀郎是一种昆虫，你是哪里人？没有见过吧，等夏天来了我捉一只刀郎给你看，翠绿的呢。

　　我在浙江的绍兴出生，在辽宁的锦州结婚，在山东的这个县城离婚，我是个没有故乡的人。藏刀说。

　　刀郎的歌风靡整个县城的时候，藏刀走了，没有给任何人留言。有人说他带着前妻，去往另一个陌生的城市。

日出海上

终于看了有生以来第一次日出。海上日出。

那天早晨，在海湾酒店十八楼走廊惊遇一缕朝阳时，我看到窗外的海，浮光跃金，灿灿烂烂，立即发现：这里能看日出！这里是看海上日出的绝佳之地！

查了当天报纸的气象栏目，上面写着：

"今天日落时间：18:26；

明天日出时间：5:16"

翌日 4:50，一起床我就扑到窗前，探身一看，东方的海平线一痕暖色，日出的盛大演出尚未拉开帷幕，我披上一件白色毛巾大浴袍就出门了。海边是礁石，高跟鞋寸步难行。只得脱了鞋，穿着袜子走。礁石遍生藤壶和牡蛎，每走一步都像踩着锥尖和利刃，我想安徒生笔下那海的女儿，就是这样的痛并幸福着吧。

天上一钩残月，仿佛刚刚升起，悬挂在刘公岛的上空。刘公岛浮在海上，像一艘沉睡的潜艇。每次举头我总浩叹，天空真是一个名胜之地，那里有金铸的太阳、银铸的月亮，钻石星座、锦缎云霓，天空把它的珠宝分期分批地挂出来，美轮美奂，却又无比遥远。

大海轻轻，轻轻地抚慰每一块礁石，说些听不清的话。没有云。没有风。没有人。静静的海湾，静静的黎明。我面朝东方，看着那一抹红晕。5:16快到了，太阳就要出来，马上就要出来了，进入倒计时。十、九、八、七……我激动而慌张，在礁石上走来走去，忍着脚底的痛，不停张望。

就要日出了，这是一天中多重要的时刻，多庄严的时刻，多神奇的时刻啊，但大海并没有因此沸腾，海鸥并没有因此起飞，礁石群并没有因此进行宏大的叙述，它们的心态真是淡定，无论浊浪排空、惊涛拍岸它们始终平静地生活着。

平时常常幻想去青藏高原、去塔克拉玛干、去亚马孙，认为只有远方才有这个星球上最壮美的风景，不知身边从来都美不胜收。日出日落，潮来潮往，昼夜交替，四季更迭全都妙不可言，却全都容易忽略。

现在我面朝大海，双臂展开，北方在左，南方在右，前方是晴空万里的一天，我将独享一次海上日出。

海平线上出现了光亮，很细很小的光亮，仿佛红色的烛火，仿佛太阳是一盏早就放在那里的台灯，只是突然拧亮了。

再一眨眼，一大团亮光！快得来不及摁快门。

最后，太阳简直一跃而出，像个红气球似的弹跳了几下。褪去红色的胎衣之后，太阳开始了它强大的照耀。

这时的太阳像手电筒射来，我无法与之对视。

整个过程用时四分钟。

橙红色的光打在礁石上，打在海湾里的船舷上，打在对岸鳞次栉比的建筑物上。刘公岛附近，巨大的货轮露出了高高的吃水线，远处传来鸡鸣。它们都看过这个星球上最美丽的海上日出。穿着浴袍的我，以晨雾和海水洗过，在朝阳的引领下，一节一节向上生长，直到灵魂高于头颅。

北方总是一岁一枯荣，海湾的早晨光阴似箭、日月如梭。我双手合十，以镀金的前额触碰地面，向太阳致敬，向清晨致敬，向时光致敬。

你早，太阳。太阳，你早。多少年走马观花，我过着浮光掠影的生活，容易空虚，容易消瘦，唯有你，能给我元气，给我力量，能沐浴我，庄严我。此刻，我是那个从海底宫殿私奔到陆地的公主，海的女儿，最小的女儿，被拿走舌头，踩着刀尖，目击这尘世最美的辰光，相遇这尘世最刻骨铭心的相遇，眷恋你春天般的体温，爱你照亮的一切，却一个字也不能说。

峰山随笔

二百四十八公顷绿地，十万树木，一个人独享。雪松林立的山路，遍开蓝紫色麦冬的花径，水波荡漾的小湖泊，仿古亭台里的美人靠，一个人独享。一个人的走走停停，一个人的轻云出岫，一个人的山路蜿蜒。

很多次，坐在湖边木椅上。没有人，树林寂然，水面如镜，仿佛停驻的时光。叔本华说，泪水是出于对自己的同情，我是出于爱，爱这滚滚红尘，这蓝天，这阳光，爱这人间的温暖和悲伤。

暮春时候，峰山上百鸟唱，槐花落。南风吹过，槐花轻轻地飞，像碎纸纷纷。风在天上行走的声音，落花在地面安息的声音，在这里成为流年。

趺坐石上，看一千棵树临风而舞，挥着绿袖子。

终于知道树林里的鸟叫灰喜鹊。峰山有喜鹊、麻雀、戴胜、斑鸠、雉鸡、白头鹎，还有布谷鸟。五月，布谷鸟叫，布谷、布谷、布谷。布谷鸟的声音在所有的鸟鸣中可算宏亮，仿佛哨音，响彻空山。又越陌度阡，追唤行云，季节为之变换。前苏联电影《这里的黎明静悄悄》中，俄罗斯的森林里薄雾缭绕，布谷鸟叫了。女战士祈祷着："布谷鸟，布谷鸟，你说我能活多久？"说完之后，开始数布谷鸟的叫声，叫多少声，就能活多久。峰山上，布谷鸟叫着，不紧不慢，一个节奏，一个间隔，停顿着，平静的。布谷。布谷。布谷。我数起来，一、二、三……满山远远近近的布谷鸟都叫起来，数不清的。

峰山的樱花并不漂亮，因为树都是刚栽的，树冠直径不过一米，树干绑着稻草，树下留有浇水的土圈，地面的植被也没长好，景致简陋，比起袁宏道看桃花那地方差远了。袁宏道有一篇《雨后游六桥记》记录了他和朋友赏桃花的美事。那是明朝万历年间，袁宏道邀好友与桃花作别，落花积地寸余，忽一人白衣骑马而过，鲜丽异常，于是，袁宏道和他的好友们谁穿了白衬衫的，就都脱去外套。微醉后，他们躺在地上，以面受花，脸上落花多的就罚酒，落花少的就罚唱。每读至此，我都大笑。一壁落英缤纷，一壁白衣胜雪，何等风流！

再往前，有庆历六年，欧阳修的醉翁亭盛宴，有永和九年王羲之的曲水流觞。现在有曲水，但已没有流觞，有亭，但已没有醉翁，有酒，但已无人醉能同其乐，醒能述以文，那样的生活，已经失传。

所谓孤独就是，你面对的那个人，他的情绪与你自己的情绪，不在同一个频率。这没关系，除了人，还有别的，那春风里绽放的花树，那天上闲散的云，那峰山上变换的季节，它们的情绪和我的情绪，永远在一个频率。

没有孤独。何来孤独。在峰山，我看见单飞的豹纹蝶，独唱的白头鹎，最后一朵松果菊，它们不孤独，它们的身影，忠诚地陪伴，形影相随，就是安慰。每一场经过峰山的风都和它有互动，甚至那行云，甚至那岁月，都和它有无声的沟通，共同构成一座山的精神家园。

有时看独自在山巅高旋的鹰隼，控制整个山头，俯瞰森林、草地、溪涧淙淙，都是它的领空，仰望它，觉得它强大而富有，一点都不孤独。

回顾所来径

人要是有失去记忆的能力，是不是很幸福呢，大脑皮层展平如白纸，心灵的原野沉睡，一切尚在开天辟地之前。

美国电影《恋恋笔记本》里，有个患老年痴呆的女人，她的丈夫每一天的事情就是讲述他们相遇相爱分分合合几经跌宕的爱情和婚姻来唤醒她的记忆，每次都是讲到他们终于结婚时，女主角恢复记忆，只恢复二十分钟就重归空白。

唤醒记忆的那一刻，她仿佛找回灵魂，每一根神经触觉复活，认出丈夫，认出儿孙，生命重新附体，仿佛她只遗忘了有关爱情的那一部分。

我从未失去记忆。我的脑子进过水，甚至被门挤过，被驴踢过，都没有影响记忆，那些让我一想起就头痛的人和事，一直记得很牢，又像搁浅的旧船，锚定于心海，上面长出藤壶，蛎壳，以及摇曳的藻类植物。

还有一些，是我珍藏其中，不舍忘掉。那些时间、地点、人物，以气味、以形状、以色彩，给我形象记忆、情绪记忆、动作记忆，他们使我沉重、啰嗦，变的唠唠叨叨、患得患失，日有所思而夜有所梦，梦见冲突和不幸，分分合合，也梦见春暖花开，明亮的溪水映照层峦叠嶂青翠连绵，一切都是吉兆。

没有什么能损毁记忆，唯有时光。时光不是磨刀石，没有将我的脑力磨砺得更锋利，时光是风，氧气，和水，在我记忆的石阶上点染苔痕斑驳，回顾所来径，苍苍横翠微。

向晚，浮香淡漠，夕照低迷，对门女主人送来几枝小苍兰，我很欣喜，将它们养在清水杯里。想起《红楼梦》中用水晶碟子供着绣球一样的白菊，该是多么清丽。

我一向爱花，对于花的名字更是有着浓厚的兴趣，那些字形华美、读音婉转的名字，不看花，单看花名便是缤纷灿烂，目迷五色了。

我喜欢的花名都有草字头，如荼蘼、蔷薇、豆蔻、芍药、芙蓉等，字形如花，写起来也漂亮，或者声母相同，或者韵母相同，读起来有音乐之美。

宋词中，常常可以读到这些花的芳名。

豆蔻不消心上恨，丁香空结雨中愁。

有情芍药含春泪，无力蔷薇卧晓枝。

紫薇朱槿初残，斜阳却照栏杆。

月朦胧，鸟朦胧，帘卷海棠红。

以花入词，仿佛一个缱绻香艳的季节，美人独立斜阳，春衫犹薄，玉栏杆外，谁念奴娇？满树淡紫的丁香在逼问中忧伤地垂下来，更多的花朵袖藏词牌，踏莎而行，从上阕赶往下阕。

"穿花度柳，抚石依泉，过了荼蘼架，再入木香棚，越牡丹亭，度芍药圃，入蔷薇院，出芭蕉坞，盘旋曲折。忽闻水声潺潺，泻出石洞，上则萝薜倒垂，下则落花浮荡"，这是《红楼梦》的大观园。大观园中众女子前生多是花。林黛玉属竹科植物，爱情萌发成竹笋，夜夜都有竹露滴清响，那是绛珠仙子的泪。薛宝钗无疑是多年生藤蔓类，心思细密地经营自己滴水不漏的一生。湘云醉卧芍药，李纨霜晓寒姿，宝玉为平儿剪下一枝并蒂秋蕙，香菱与芳官斗草，一个说，我有观音柳，一个说，我有罗汉松。"开到荼蘼花事了"，把花事串起来，整个大观园就是一个祭奠的花环。

曾经得到几粒种子，说是红楼梦花，惊奇之余满怀期待地种在花盆里，几月后开了花，大失所望，细而高的茎，细长的叶子，穗状花序上浅粉的蝶形花挨挨挤挤，花蕊中抽出漫长的丝，琐碎、混乱、毫无美感。红楼梦花，怎么也该是落叶乔木，灌木也行。后来才知那是醉蝶花。

初读《红楼梦》，记住了许多花的名字，便处处留心寻找。

比如牡丹，久慕芳名，后来在校园里看到成片的牡丹，国色天香，不过如此，那香味远不如月季甜美。其时正学白描，牡丹的花瓣柔软，瓣形多变，卷折丰富，最宜练习勾线功夫。因此天天对着一株牡丹，画她的体态、神韵，我常常被它复杂的花瓣迷惑，把花头画得胖大、分散，总是画不好。

紫藤虬枝盘曲，羽状的叶子层层叠叠，茂盛之极，嫩白的触须卷成京戏旦角的兰花指，深紫与浅紫的花穗垂下来，垂下来，在春风中妩媚的摇。工笔与写意，紫藤都极入画。木槿、宝相、海棠等我们村就有，司空见惯的花突然知道了它们的名字，觉得花们也有个灵魂。

玫瑰使人想起埃及艳后，樱花使人想起和服的女子，日式的伞，伞面和女子宽大的衣袖上应是江户时代的浮世绘。雨在下，猫在叫，八仙花在开。

石楠花使人想起吕蓓卡的庄园，大观园是一幅锦缎，曼陀罗庄园则是一张设色精致的贺年卡，种着许多宝蓝色的鸢尾、矢车菊、雏菊、波斯菊。

栀子花该是中国的，可是花瓣肥厚，形状生硬，好像棉质的纸巾胡乱叠了插在杯子里，难怪张爱玲说栀子花像污秽的大手帕。

我没有见过卡特莱兰花，这种花在《追忆似水年华》中，是恋人之间的暗语。贵妇人奥黛特的客厅中有这种花，她的衣襟上也总是佩戴这种花。在马车上，一个摇晃，她惊叫了一声，斯万再也不能坚持着矜持，发着抖，说："哦你胸前的卡特莱兰花歪了，让我帮你整理一下吧。"她默许了。

从那之后，卡特莱兰花成为他们之间的暗语。

迎煞

又是鬼节，鬼节的来历如何，不能详知，据说是目连救母，又据说是鬼节当日阎王会盛装走出冥府，同鬼众们共度佳节。据说那天，鬼众们会被允许到人间逗留一天，享用人间烟火。

看《阿城文集》，正好看到他说鬼魂，有些故事和说法颇新奇。

阿城喜欢鬼故事，他说《阅微草堂笔记》里面记载了这样一个鬼故事：有个仆人的老婆二十多岁，突然死去，第二天却又活过来了，而且问："这是什么地方？"死而复活，大家当然高兴，但看活过来的她并不像女人，却像男人，看到自己的丈夫也不认识，而且不会梳头。据她自己说，她本是个男子，前几天死后，阎王说她寿数未尽，但须转为女身才能借尸还魂。大家问她的前世，她不肯说。

起初她不肯与丈夫同床，后来实在没有理由，只得勉强，每每垂泪至天明。有人听她自言自语，说自己读书二十年，做官三十年，如今竟要被奴仆羞辱，实在生不如死。

这个故事最大的奇特在于——"他"与

"她"竟是雌雄同体。另外，眷恋于尘世，无幸福可言，也实在没什么意义。

《阿城文集》中还提到一本清人的《客窗闲话》，里面记载了一个故事，说有个少年公子骑马去上任，结果不幸坠落崖底，登时丧命。魂却一路飘到山东历城一个村子，落到这个村里刚死的一个男人的尸体上，活过来了。

他醒来后，看到周围都是陌生的人。一个老太婆摸着他说："我的儿呀！"公子说："你是什么人？敢叫我是你儿子？"周围的人说："这是你娘呀。"并且指着一个丑女人说"这是你老婆"，又指着一个小脏孩说"这是你儿子"。

公子说："别瞎说了，我母亲是诰命夫人，我没有结婚，我正要去做官呢！"

周围的人都说他疯了。

公子想不通。后来在别人的开导下，他开始接受这个事实，把老太婆当自己的母亲赡养，把小脏孩当自己的儿子抚养，利用自己前世的学识做了教书先生，居然解决了温饱。

我觉得这个故事很无奈。对于这个人，不知道他的具体身份，人耶？鬼耶？对于他的境遇，也无法判断，贵胄公子耶？贩夫走卒耶？在某种意义上，我们每个人不都是这个人？一面是理想，一面是现实。每个人都对自己的现状不甚满意，或者都有不尽人意处，回首往事时，总是幻想，如果可能，自己不该是这个样子，不止是这个样子，或者说每个人都有期望中的生活。这不是人和鬼的冲突，是理想与现实的冲突，是肉体和灵魂的冲突。最终的结果是，灵魂向肉体屈服。我们不能为自己的灵魂活着，甚至不能为自己活着，这便是生命的悲剧之处。

阿城分析"魂"与"魄"的文字十分奇妙。他说，"魄"可以定义为爬虫类脑和古哺乳类脑，"僵尸"是仍然具有爬虫类脑和古哺乳类脑功能的人类尸体，它应该是远古人类对于凶猛动物的原始恐惧记忆，这种恐惧成为我们遗传基因的一种，在潜意识中表现出来。

"魂"，应是人类的新哺乳类脑，有复杂的社会意识。

他说，鬼故事差不多就是在表达我们在文化中不得不释放的潜意识。

现在，鬼故事很流行，但似乎都没有突破古人说鬼的境界和水平。的确，鬼故事、鬼文化，属于古人的原创和专利，他们对于鬼是虔诚的、敬畏的，也是最有想象力的。他们有一套专门对付鬼的语言、色彩、手势和工具。

问题是，鬼在哪里？鬼需要对付吗？鬼是不是只是人的一个假想敌？

普鲁斯特在《追忆似水年华》中说，我们的亲人死去之后，灵魂会被拘禁在一些下等物种的躯壳内，例如一头野兽、一株草木，或者一件无主物。我们确知他们已死，但不知道他们的灵魂究竟被拘禁在哪里。直到某一天，我们赶巧经过某一棵树，而树里偏偏拘禁着他们的灵魂。于是灵魂颤动起来，呼唤我们，我们倘若听出他们的呼唤，禁术就随之破解，他们的灵魂就得以解脱。他们战胜了死亡，又会回来同我们一起生活。

七月的一个午夜，我一个人在一处空地上久久站立。全城灯灭。天上白色的云团像驼队一样缓缓东行。柳树摇摆着，黑乎乎的一团。地上的落叶被风吹动，擦着地面发出响声，像脚步。忽然"嗷——！"一声猫叫，我头发全都炸起。想起普鲁斯特的话，我想，如果在我死后，灵魂真的拘禁在一棵树干里，或者一朵夜云中，又真的被我的亲人恰巧遇见，而我绝不颤动，也不要呼唤我的名字，不是我不想复活，不是我不眷恋，我是怕像那个仆人的老婆，或者那个公子。

飞天

"为了飞到你身边 / 每一英里，每一年 / 逝者如斯 / 我无法解释这一切，亲爱的 / 不，我必须经受不平静的考验……"这是电影《迁徙的鸟》主题歌，从网上邮购了这部电影的光碟，一种像唱诗班的背景音乐使我沉入一片静静的湖水之中。

《迁徙的鸟》是法国导演雅克·贝汉的作品，有六百多人参与拍摄，耗资四千多万美元。景点遍及全球五十多个国家和地区，记录胶片长达四百六十多公里，还动用了十七个世界上最优秀的飞行员和两个科学考察队，整整拍了四年。这部电影在台湾的译名叫《鹏程千万里》，在香港它被称作《鸟与梦飞行》，如果要我给它一个名字，我愿意是《飞天》。

诗人说，鸟儿是为了弥补人类的某些缺陷而存在的。真的，飞翔是个奇迹，因为鸟，人类开始向往翅膀。一个半小时的电影中，我始终在不停地惊叹，没有刀光剑影烽火硝烟，却有生离死别风雨同舟，随着剧情大喜大悲患得患失。摄影师选取的角度使观众成为一只鸟，观众所看到的，就是鸟所看到的。

和《动物世界》等电视节目不同的是，《迁徙的鸟》几乎没有解说词，除了那低徊的小合唱的声音，就是风声鹤唳。所有的画面美妙温存，美到惊心动魄，美到可以让最坚硬的心和羽毛一样柔软，自由女神像、埃菲尔铁塔、长城、亚马孙河谷、北欧的雪野、南美的雨林、焰火一样的都市夜色，在北极燕鸥的翅膀下一闪即逝。

这是一些令人难忘的镜头：出于对大地的信任，所有的鸟都袒呈腹部，并展开光亮的羽衣；一只鸟就是一只羽箭，红胸燕在云端之上编队成箭头形状，射向目的地；一队燕鸥飞集在地球表面，用亮晶晶的身体形成自己的银河系；鹤们中途小憩，跳集体舞，然后在湖中盛开成一朵朵白莲花，一只鹤在岸上做芭蕾舞的起跳动作，落地时摔了一跤；一只天鹅独行在积雪的铁轨上，风吹动它的白衣衫；成群的鹈鹕聚集在海岸线上，发出大提琴的低音；金刚鹦鹉用扳手一样的嘴打开木锁，漂亮地逃生；一只翅膀受伤的幼鸟被螃蟹围攻，最后死于非命；头雁死于枪击，剩下的雁纷纷被击中，雁字散乱，羽毛纷坠……茫茫天涯流亡路，每一只鸟都是一只风筝，它们命悬一线。

午夜轻轻到来，又轻轻离去，大地风寒日落，十面埋伏，谁能告诉我，那些肩负起旅途的翅膀为什么一定要翻山越岭，千里跋涉。我曾以为，迁徙是为了飞回故乡，但我错了，候鸟没有永远的故乡，它们的故乡在天上。只因为生了翅膀，所以去飞。

　　星辰、白云、鸟，看起来自由又雪亮，它们是天空这匹蓝色幕布上最耀眼的记号。然而我们珍爱的东西还能存活多久？

　　导演对人充满警惕，整部影片中，他只允许人以模糊的背影出现两次，如同米勒作品中的拾穗者和祈祷者，给我们母亲般的抚慰。然而仅仅是抚慰而已，人类改变了这个星球上的大部分地貌，跟踪、捕猎、豢养，使鸟类的迁徙进入穷途末路。

　　"《鸟的迁徙》是一个关于承诺的故事"，影片开篇的第一句话马上把人带入诗意的天空，天空的藏青底上，它们像透明的玻璃，轻盈易碎，但是为了这个承诺，它们义无反顾。如果你是一只鸟，会不会为了一个承诺昼夜兼程，敢不敢向大地袒呈你的翅膀和胸膛？

冷静的世界

　　大雪只用了六个小时就覆盖了县城，这是二〇〇五年的第一场雪，它比以往时候来得更晚、更壮烈一些。它衣锦夜行，不透露一丝风声，像个游子，摸黑回到阔别的故乡，把早起的人们惊得连退两步。到处都是抛锚的车辆，没有了汽车尾气和噪音，世界如此纯净。踏雪而行的时候，我试图解读一场大雪。

　　解读一场大雪，无非诗词歌赋，琴棋书画，但是爱斯基摩人是用词汇。据说爱斯基摩语中有几十个乃至上百个表示各种雪的词汇，因为视野的纯粹，所以他们对不同的雪的感知和分辨就无比敏锐。把雪分成上百种颜色，除了爱斯基摩人之外，画家也具备这种超常的洞察力和表现力。而东西方在绘画上的最大区别就是画家对于雪的描绘和理解。西方最优秀的画家，就是像爱斯基摩人那样用微妙的、谐调的白色来表现雪，色块清晰，笔笔不同，也许是冷调子，也许是暖调子。看看画者的调色盘，就知道他会用些什么颜料调出这些丰富的白色——有时群青加白，有时普蓝加白，有时倾向于日落黄。

用油画颜料把大面积的雪真实地堆积在画布上，这具有相当大的难度，勃鲁盖尔的《雪中猎人》算是难得的经典之作。

　　根据气候记载，十六世纪的欧洲正处于一个小冰期。勃鲁盖尔生活的尼德兰更像冰天雪地的北极圈。《雪中猎人》是他画的《六段景》中的一幅，那大约也是一夜大雪之后，天色依旧阴沉，山地上的村庄被雪抹平，人们在冰面上嬉戏，狗们卷起尾巴，两个猎人下山了，他们穿过剪影一般的冬树，插进雪地，而一只黑喜鹊俯冲下来，似乎春天已在路上——这一刻被勃鲁盖尔用油画笔捕捉了下来。猎人与狗被安排在近景，中景的村庄半隐半现，一些小人堆堆点点，远景是山峦和深不可测的天空。勃鲁盖尔喜欢以俯视的方式来取景，在神祇一样的俯视中，画家的爱与深情像雪一样洒下。这幅画的色调在黑白分明中又用棕、黄、绿来缓解色块之间的冲突。画家全部的心思与才华、深沉与博大，只有雪能全部容纳。

　　相比之下，中国画家对雪的理解则是智慧的，他们惜墨如金，以黑写白。他们不诠释雪有多少种白色，而是留给想象，这几乎是一种禅机。中国画的雪，工笔也好，写意也好，当画家通过雪以外的景物，使你觉得雪在。远山、瘦水、虬枝盘曲的古树，甚至几竿斜竹，几枝寒梅，寥寥数笔已经气象氤氲了，还没画雪呢，雪就自己出来了。范宽的《雪景寒林图》是其中传世的一幅，范宽是个温厚的人，所以人送"宽"字。那是北宋的大雪，范宽深入到秦晋大地的山川林壑，对景造意，泼墨挥毫，创作了这幅气势磅礴，境界深远的山水画。画中群峰屏立，山势嵯峨，山头遍作枝柯，萧寺掩映，更有村居隐约，一人张门而坐，板桥山泉，流水萦回。画家在皴擦烘染中留出坡石、山顶的空白，以为雪意。留一些空白，这是东方智慧中最令人赞叹的一种。

　　总是一场大雪才能使整个世界冷静下来，总是那些静听雪声的智者才能解读雪的静穆和苍茫，他们独立寒冬，任凭双肩被雪越埋越深。那是一场幻觉，一场海市蜃楼，地上乱琼碎玉，出门沽酒的宋朝男子被切断唯一的退路，来去两茫茫。没有什么可怕的，季节在剧终的时刻，总会把它最后的豪华布境提炼成生命中耀眼的空白，给你留下余地，一尘不染。

三峡的树

我爱看树，每到一地，目光总是停在树上。从三峡归来，念念不忘的只有三峡的树。

但不论从何下笔，我都无法直面一个现实：三峡没有树。

在没有亲历三峡之前，我所有关于三峡的意象都来自唐诗。神女峰、滟滪堆、白帝城，啼猿、轻舟、一江春水向东流，那是我的骈文和七律辉映的古典文学的三峡，我的思君不见下渝州的三峡。

终于来到三峡，猿声当然早已音容渺茫，但最令我惊讶的是三峡的树，三峡没有树。这里是南方，树应该很多，成都、张家界、长沙，我第一次去那些地方，印象最深刻的就是发现南方的树迥异于北方的树，北方的树低矮干瘦，而南方的树高大宽展，地面植被特别密集，不见土壤，和北方地貌完全不同。

可是为什么三峡常见山石裸露，有些地方甚至像黄土高原生着些骆驼刺一般的小灌木呢？这样的三峡怎会有猿猴？猿猴是树栖动物，没有深林和野果怎么生存？古人不是说三峡"林木高茂"么？唐朝的三峡是这样的么？

无意间邂逅的一位陌生的白发老者为我的这些疑团做了透彻的解答。

当时船过巫峡，天色已晚，我在甲板看三峡暮色。雾霭沉沉，江水静静东去，站在长江中央，真有种逝者如斯的上古氛围。甲板上一位老者坐着椅子靠着船舷，作为同船游客，我向他微笑打招呼。他回以微笑，对我说，巫峡在这个位置看是最好的。

攀谈中，老人说他二十岁时在三峡地区搞过社会调查，对三峡十分熟悉。老人今年七十八岁，此次是来三峡怀旧的。于是我问三峡的树，三峡为什么没有树？

五十八年都砍了。老人淡淡的说。

老人说，他在三峡调研时，两岸都是森林，密不通人，两人合抱的大树比比皆是，香樟树、乌桕树、皂荚树，都是古树、老树、大树。但大跃进时，三峡的树一夜之间砍光了，山上没有树了。

我更惊疑了，问，两岸都是山，那么陡，砍下的树怎么运？

老人说，砍下的树直接扔进长江，顺水而下，江面上全是木材，这些在三峡两岸生长了百年乃至千年的树木，全部在炼铁炉中付之一炬。

我还是疑惑：那个年代已经过去半个世纪了，半个世纪里，我们年年有植树节，年年植树，为什么三峡没有复绿？

老人说，当时的砍树是拉网式的，毁灭型的，砍完后没有及时补栽。南方雨多，下大雨时，水土流失严重，两岸山上的土壤被冲进江中，没有了土壤，就不长树了。文革结束后开始绿化，但是晚了，没有土，长不了大树了。你没看现在都是小灌木，没有大树了吗？三峡再也长不了大树了。

是夜，秋雨如注。听着雨落江心的声音，我久久不能入睡。三峡再也长不了大树了。三峡的树罹难之时，也是全国的树遭遇灭顶之灾的年代。三峡流域的钟祥市有一座明代皇帝陵——显陵。在显陵，我有同样的疑惑。显陵是明代帝王陵墓，遗址保存相对完好，后期开发、再造、仿造痕迹很少，但同样没有大树、古树，都是新栽的。一座明代帝王陵墓，是应该有数百年的古树的。古树有气场，朝代灭亡，所有的人都死了，树活着，树是唯一以世纪为年龄的生命了，但显陵的树显然一无所知，和苍凉的显陵格格不入。问陵墓管理者才知，显陵的树被李自成烧掉一部分，剩下的在大跃进时全部捅进了炼铁炉，如今的树都是后期栽种。在网上我还看到这样一件事。三峡流域的湖北省英山县有数百个山头，山上曾经林木盛集，樟树、枫树，连抱之材数以千计，大跃进砍光烧光，一个村的支部书记从公社得了一面红旗回来，但上百座山已经找不到一棵树能当旗杆了。

三峡，这条古老的水路漂过李白的轻舟，泊过白居易的琵琶女，贩卖茶叶的商贾在这条黄金航道上一日千里，可曾想到有一天在这江水里朝发夕至的是三峡的树？

下船之后，再没有碰到那位老者，仿佛那个白发老者在那样的暮色中出现在甲板上，只为告诉我，三峡的树的故事。我很想找到他，听他说说三峡，说说香樟、乌桕、皂荚，那些美丽的阔叶乔木。

我对悲伤的态度

我的散文集《山有木兮木有枝》出版后有不少评论，当当网最多，有的读者说："看得那么感动，不知怎么心头一软，眼泪就涌出来。看这本书的心灵体验是非常丰富的，一会儿哭，一会儿笑……"

有的说："大早晨的让我笑着哭得一塌糊涂。"

有的说："看完文章，我热泪盈眶，一度哽咽，说不上话来。"

……

看到这些评论，起初我颇为自得，觉得这是对我的散文的至高褒奖，我把得到这种评论的篇章列为自己的佳作，认为自己终于练就了炉火纯青的文字功夫，不写生离死别，大起大落，就能戳中泪点，煽情于不动声色，给读者以丰富的情绪感染，哭之笑之感叹之，高，实在是高。

直到一个陌生读者的出现，对我有当头棒喝的功效。那个读者留言说："你的书，看一次，泪涌一次，心头如被戳出一个大洞，太他妈悲伤了。坐在桌前，只是想哭，想大哭。我是个不善记忆，甚至回避记忆的人，可能潜意识里就是回避悲伤。每当看到你的文字，就觉得自己人生轻薄……"

我忽然觉出，这个读者的正确，这条留言的可贵。回避悲伤，她是对的。我在过分的透支悲伤。我对悲伤的态度有些轻佻。有些事，有些悲哀和伤痛，也许不说才是珍重。

最近看到作家韩松落评论邓丽君的一段话，更使我警醒而且愧悔了，他说："渐渐明白邓丽君的歌好在哪里，她的歌没有怨气。即便唱的是'证明你一切都是在骗我'。她不给听歌人的情绪染色，不让忧郁的更忧郁，绝望的更绝望。给别人的情绪染色，是赢得喜爱的快捷方式，在情绪的深渊推人一把，准保让人一辈子记得你。但她下不了手，到了一定年纪，终于觉得，这是一种道德。"

哀而不伤，乐而不淫。这句话我很早就知道，却没有真正理解。一直以来，我以催人泪下为最高追求，喜欢看读者为我捧腹大笑，或者号啕大哭，追求心灵刺激和情绪激荡，读者的留言和韩松落的评论，让我觉得我的境界出了问题。这样的文字莫不是与我一直藐视的那些低档影视剧所用的造作的煽情伎俩，以纯粹的感官刺激，大哭大笑的浅薄表演去追求收视率殊途同归吗？

有境界的文字，应该是能把惊涛骇浪抚平为春水縠纹，把人心延展如原野，而时光如雪，堆积经年，抹平了褶皱和沟壑，没有起伏，没有痕迹，没有性别，没有年龄。怀一颗赤子之心，用黑曜石一般的眼睛打量世界，以出世的姿态入世，心凝形释，与万化冥合，无论叙述、追忆、咏叹还是抒情，历尽悲欢也不说经过了，就像那句，天凉好个秋。

想到这里，我欣慰了——这就是写作的好处。总是有人问，怎样才能提高写作能力，很少有人问，写作能提高什么能力？对我而言，写作让我学会整理思维架构，是一种完善心灵的方式，在倾诉中，我的情感得以宣泄，我的心中夜阑风静，我的生命在对文字的探索和对生活的记录中不断地找到新的生长点。通过自己的文字，看到自己的成长乃至成熟，是非常欣慰的。尤其是读者，他们旁观棋局，虽素未谋面，却洞幽烛微，有时他们说中你的心思，不由得引为知心；有时他们看懂你的表达，有相视而笑的默契；有时他们向你倾诉，觉得共鸣的惊喜，有时他们分析你，意外又准确，使你一再重新地认识自我，修补自我。比如现在，我以自己的文字做对照，去理解什么是邓丽君的道德，去理解什么是哀而不伤、乐而不淫，去理解鲁迅说的："当我沉默着的时候，我觉得充实；我将开口，同时感到空虚。"是什么意思？

这就是写作的好处，在写作中修炼，在写作中成熟，练成独立思考和自我觉悟的能力。写作不是为了一篇文章有多少人为之哭笑，不是为别人而写，甚至也不是为了发表，是为了写作是一个缓慢的改变自我的过程，将芜杂的世相，分拣出价值、美好、意义、真理，在观察、体会、学习和思考中练就思想上的内家功夫，最终如出水芙蓉，在生活的泥淖中升起，到达属于艺术的那个疆域。

图书在版编目（CIP）数据

井上生旅葵 / 丛桦著. —上海：上海三联书店，2016.11
ISBN 978-7-5426-5703-9

Ⅰ.①井… Ⅱ.①丛… Ⅲ.①散文集-中国-当代 Ⅳ.①I267

中国版本图书馆CIP数据核字（2016）第235384号

井上生旅葵

著　　者／丛　桦
责任编辑／陈启甸　朱静蔚
特约编辑／周青丰　李志卿
装帧设计／乔　东　阿　龙
监　　制／李　敏
责任校对／李志卿
出版发行／上海三联书店
　　　　　　（201199）中国上海市闵行区都市路4855号2座10楼
网　　址／www.sjpc1932.com
印　　刷／山东临沂新华印刷物流集团有限责任公司

版　　次／2016年11月第1版
印　　次／2016年11月第1次印刷
开　　本／889×1194　1/32
字　　数／130 千字
印　　张／8
书　　号／ISBN 978-7-5426-5703-9/I·1165
定　　价／39.00元

敬启读者，如发现本书有印装质量问题，请与印刷厂联系0539-2925680。